にんげんしっかく

人间失格

[日]太宰治——著

王太芳——译

长江出版社
CHANGJIANGPRESS

图书在版编目（C I P）数据

人间失格 /（日）太宰治著；王太芳译.
—武汉：长江出版社，2021.1
ISBN 978-7-5492-7538-0

Ⅰ.①人… Ⅱ.①太… ②王… Ⅲ.①中篇小说－小说集－日本－现代 Ⅳ. ① I313.45

中国版本图书馆 CIP 数据核字（2021）第 015905 号

人间失格 /（日）太宰治 著　王太芳 译

出　　版　长江出版社
　　　　　（武汉市解放大道 1863 号 邮政编码：430010）
选题策划　天河世纪
市场发行　长江出版社发行部
网　　址　http://www.cjpress.com.cn
责任编辑　龚妍薇　李海振
印　　刷　三河市腾飞印务有限公司
版　　次　2021 年 1 月第 1 版
印　　次　2021 年 3 月第 1 次印刷
开　　本　880mm×1230mm　1/32
印　　张　8
字　　数　85 千字
书　　号　ISBN 978-7-5492-7538-0
定　　价　42.00 元

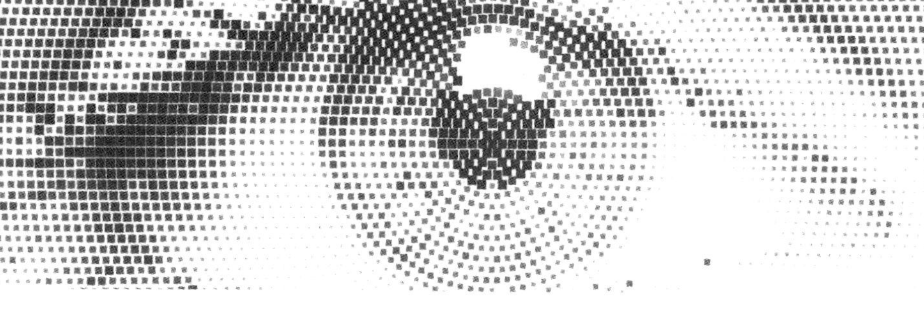

目录 Contents

译者序

《人间失格》（又名《丧失为人的资格》），发表于 1948 年。作者太宰治于发表数月后，在历经数次自杀失败，终于在第五次投水自尽，年仅 39 岁。因此，这部小说也是太宰治的绝笔之作。太宰治是日本“无赖派”文学的代表作家之一，其短暂的一生，正处于日本二战前后那段特殊的历史时期，他亲眼见证了当时日本社会从鼎盛到没落的整个过程，这些均在他的作品中非常写实地得以呈现。特别是二战结束后，整个日本社会呈现出的颓废景象、消极病态，以及看不到未来的无力感，在太宰治的作品中表现得淋漓尽致。

作家一般会尽量将自己的生活和作品区隔开，或者说在进行文学创作时，一般都会尽量避开自己的个人生活。而太宰治与其作品之间，最显而易见的特质便是那种割舍不断的粘连、深入骨髓的自我剖析，以及个人生活的真实投射，作品中的人物经历与自身的生活轨迹高度重合，甚至他的作品与生活、小说人物与自身之间可以说是浑然一体，恍惚之间，甚至也会将他离奇的个人经历视为小说，而将他小说中的某些情节代入到他的个人经历中——这便是太宰治作品最大的魅力。

《人间失格》不仅是太宰治的绝笔之作，也堪称一部自传体式的作品。小说所讲述的是主人公“大庭叶藏”在年幼时，因向人类“求爱”而不得，因此对身边亲人乃至人类失去信任，导致其成年后依然时刻处在对人类的恐惧中。在经历投水殉情事件和同居的“良子”被商人侵犯的事件之后，逐渐自暴自弃，一蹶不振，

在颓废和堕落中自我逃避，并最终走向自我毁灭的故事。

主人公“叶藏”虽然出身于富贵家庭，但家中兄弟姐妹众多，作为最小的孩子，并未受到父母的重视和疼爱。因此，当家中仆佣对年幼的“叶藏”做了不该做的事之后，他甚至不敢向父母求助，只能独自默默忍受，由此在幼小的心灵留下巨大伤痛，并且随着年龄增长，伤痛加深，直达骨髓。

这种伤痛是“叶藏”与家人、与世人之间的亲情和信赖感崩塌后产生的裂痕，致使他从小便对人类产生畏惧。虽然他也尝试通过搞笑的方式向人类奉上最后的“求爱”，试图以此掩饰内心的恐惧，进而赢得众人的好感，结果不仅事与愿违，反而被人们视为没有一句真话只会搞笑的、碍眼的存在，甚至最终被当成“狂人”（疯子），将其送进精神病院。至此“叶藏”的精神世界被

彻底摧毁，自怨自艾中甚至认为自己就是罪恶的集合体，活着只会让自己身上的罪恶累积更多，最后竟自我归结为“我已成为废人，我已失去做人的资格”。

小说通篇呈现灰暗的色调，不仅主人公，甚至读者也不由自主地被代入到恐惧、担心、不安、焦躁等一系列负面情绪中。以至读过之后最初的感受都会处在一种抑郁的状态，很难即刻抽离。但是，如果结合太宰治自身的经历以及作品创作背后所处的时代环境来看，便不难理解了。作品创作发表于 1948 年，但所涉及的时代背景大约再早十年左右。当时日本社会各方面，均处于高速发展和领先的地位，武力扩张使得高速发展的社会逐渐失去方向，国家尚且如此，个人当然亦不例外。

原本成绩优秀，被父亲寄希望于高中毕业后出仕为官前途大

好的“叶藏”，当离开家乡、离开父亲的管束，遇到“损友”堀木之后，便一发而不可收。不仅接二连三地旷课，跟着堀木到处吃喝玩乐，而且还学会了抽烟、喝酒以及频繁出入妓院。然而这不过是“叶藏”逃离人类社会，选择自我封闭式保护的一种手段。包括接触和参与当时的地下运动，并未从理想或立足于社会来对待，而是以游戏的心态，仅仅为了逃离对人类的恐惧，继续选择对周遭一切视而不见，仍然封闭在自己的世界里。与之同居的良子被人侵犯，以及自己不幸染上毒瘾之后，这种自我封闭的阴郁性格的描写更加深刻，甚至是一种自戕式的自我毁灭。

作家三岛由纪夫评价太宰治时用了日语的“气弱”，意为胆小、生性懦弱，这个评价也可以说是相当精准。《人间失格》中对于主人公的内心剖析，也提到了这一点——胆小鬼连幸福来敲门都感到害怕，碰到棉花也能受伤，当然也会为幸福所伤。因此，

当写到“叶藏”为了逃避对人类的恐惧，为求得一夜安眠而频繁出入风月场所，并从那些女人以及后来相约跳海殉情的恒子那里，尽管也得到了少许的温存时光，但由于生性懦弱竟然害怕接受这短暂的幸福而溜之大吉，可见幼年时期因缺乏关爱和信任所受到的伤害有多么刻骨铭心。

生活在当下这个时代，绝大多数人是幸福的。因为身边并不缺家人朋友的关爱，特别是互联网的发达和普及，人们拥有更多的手段和途径去进行交流和沟通，进而及时了解彼此的心意。因此，当幸福来敲门的时候，我们会毫不犹豫地推开门，伸开双臂拥抱幸福。虽然大多数人在不同的成长阶段，或多或少都会遇到一些挫折、困难，总会有一些不如意，但人生不就是如此吗？世上既没有失格的人生，也没有合格的人生。我们每个人带着哭声来到这个世界上，不断地试错，不断地纠正偏离的路线，从而变得更

加强大。阳光照射到的地方，也一定会有背阴角落，因此不必纠结于一时的不如意。读过之后，合上书本，到外面去，外面是一个阳光灿烂的世界。

2020 年对所有人来说，过得都很艰难，每一天都在艰难地努力着，祈盼尽快归于原本普通的日子。2020 年对我而言，也有一段非常难忘的记忆。我在不同的文字间辗转、徘徊，认真揣摩，希望通过这些文字，我们能一起再次走进太宰治的文学世界。文字粗浅，如有错误遗漏，恳请指正。

最后，真诚感谢本书翻译及出版过程中热心提供帮助的每一位朋友，再次致谢。

2020 年冬

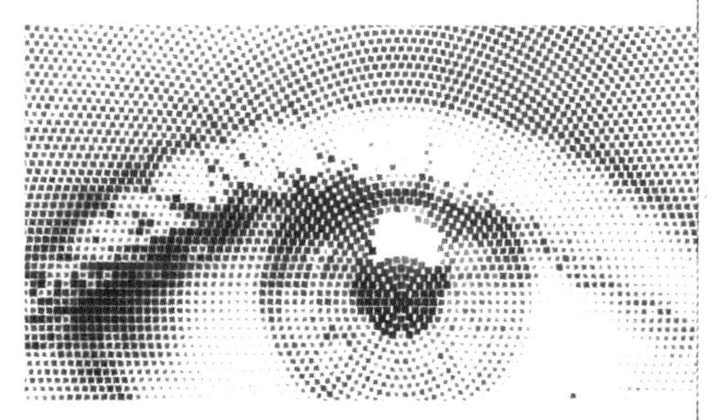

序曲

01

0　1　1

我曾看过那男子的三张照片。

一张应该是他的孩童时代，十岁左右。他被众多女性众星捧月般围在中间（那些想必应该是他的姐妹，以及堂表姐妹们），身穿粗条纹筒式袴服[①]站在庭院的池塘边,头微微左倾三十度左右，笑得极为丑陋的一张照片。丑陋？！不过，即便是感觉迟钝的人们（对美丑漠不关心的人们），表情麻木地随口恭维一句“多可爱的孩子呀”，听上去也并不完全是违心的奉承话，从孩子的笑容里，似乎也能看到一丝常人眼里所谓的“可爱模样”。可是，但凡稍稍有点审美品位的人，只消看一眼，恐怕就会立刻面露不悦地小声嘀咕一句，“啧，真是个不讨人喜欢的孩子”。然后像掸落毛毛虫似的，顺手将照片一丢了之。

① 一种宽松的裤裙，长及脚踝。

0　1　2

那孩子的笑容，越端详越令人感到厌恶，似乎带有一种莫名的阴森又诡异的气氛。那根本不是笑脸，那孩子压根儿没有在笑。他紧握双拳站在那里，这就是证据！没有人能一边紧握双拳一边微笑。猴子！是猴子的笑脸！只不过那孩子的脸上挤出一堆难看的皱纹而已。照片上的表情竟如此古怪，还有一种无法言说的龌龊感，莫名令人心生厌恶，让人忍不住脱口而出一句“皱巴怪”。我从未见过表情如此诡异难以捉摸的孩子，一次也没有。

第二张照片上，他的样貌发生了令人惊讶的变化。一身学生装扮，或许是高中又或许是大学时期的照片，虽然不清楚具体拍摄时间，但总之是个令人为之惊叹的俊美学生。不过，依旧有些不可思议，在他身上竟找不出一丝活人的气息。他身着一套学生制服，胸前的袋口露出白色手帕，双腿相交坐在藤椅上，脸上依旧挂着笑容。此时的脸上已见不到皱皱巴巴如猴子般的笑容，而

是颇为精巧玄妙的微笑，不过总感觉有别于常人的笑容。不知是缺少气血的鲜活性，还是没有生命的挫折厚重感，总之完全没有类似真实充盈的感觉，不像鸟儿那般有生命力，而是轻盈如羽毛，就像一张白纸在那里轻飘飘地笑着。换句话说，似乎他的表情和笑容像是从头到脚硬生生拼接组合起来的一样。说他矫揉造作也好，轻佻孟浪也好，妖媚扭捏也好，都不足以准确表达他的怪异；说他时髦扮酷，当然也不贴切。而且，如果仔细端详，在这个相貌俊美的学生身上，仿佛散发出一种犹如妖灵附体、令人毛骨悚然的诡异气息。我从未见过样貌如此玄妙、诡异而俊美的青年，一次也没有。

还有一张照片，最为蹊跷。他的头上似乎有少许白发，无法推算年纪，坐在一个脏乱不堪的房间角落（照片上清晰可见，房间墙壁上至少有三处墙皮已经剥落），两手伸向小小的火盆正在

取暖。这回他没有笑，也没有任何表情。他坐在那里伸出双手在火盆上烤火，仿佛已经自然地死去，照片中散发着一种不祥的、唯恐避之不及的灾晦之气。蹊跷古怪之处不光这些。照片上的脸部拍得格外显大，因而我可以盯着照片仔仔细细进行一番研究，额头长得一般，额上的皱纹也很一般，眉、眼、鼻、嘴、下巴无一不是平庸无奇。哦，天哪，这张脸不光没有表情，甚至不会给人留下一丝印象，毫无特征可言。比方说，我看过照片后闭上眼睛，便已经将这张脸忘得干干净净了。房间的墙壁、小小的火盆一一浮现在眼前，但房间主人公的脸却如烟消雾散一般陡然消失，无论如何也想不起来。这是一张不入画的脸，漫画也好，别的什么也好，完全不在画面。睁眼一看，“哦，原来长这样啊，我想起来了！”甚至连这种恍然大悟后的喜悦感也体会不到。说得极端一些，那张照片就算睁开眼睛再看一遍，不仅唤不回记忆，甚

至还会令人生厌，烦躁不安中，不由自主地看向别处。

即便是所谓的“死相”[①]，也应该比它更富有表情和更加印象深刻。倘若在人的躯体上安一颗不出挑的驽马头颅，会不会就是这种感觉呢？总之，先不说蹊跷古怪在哪里，任何人看过这张照片，都会毛骨悚然，心生厌恶。我从未见过长相如此诡异的男人，确实一次也没有。

① 人在临死前或死时的面相。

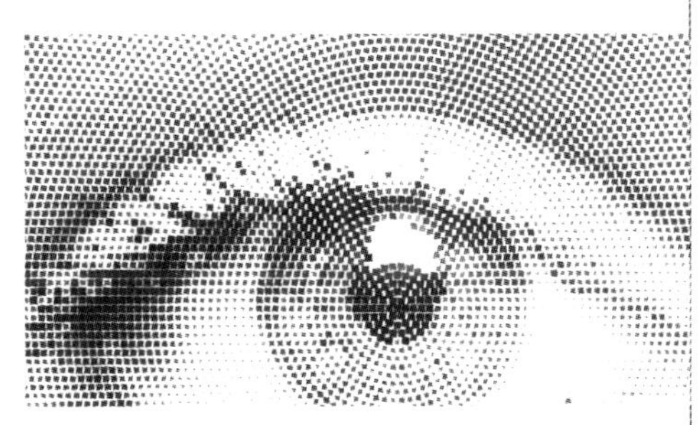

第一手记

02

0　1　9

过往一生，我曾留下许多可耻的回忆，往事不堪回首。

人生究竟意味着什么，我完全参悟不透。我生于东北乡下，第一次见到蒸汽火车，已经是长大以后的事了。我在火车站天桥上上下下，那是为了方便人们跨越铁轨所建，我对此毫无察觉。还以为那是为了让车站像外国的游乐场一样，让它看起来复杂中不失有趣，显得新潮又时髦，才会有意建成那样。这种想法持续了很长一段时间。对我来说，在天桥上爬上爬下，是一种新鲜时髦的特别游戏，我认为也是铁路服务中最让我满意的服务之一。后来当我发现那只是为了让旅客跨越铁轨而造的颇为实用的阶梯而已时，顿时没了兴致。

此外，我小时候在连环画册上看到地铁，同样没有意识到那是出于实际需要而想出来的设计，还以为在地下乘车远比地面乘

车拉风有趣。

我自幼体弱多病，时常卧床静养。躺着的时候，总感觉那些床单、枕套、被套等皆属毫无价值的装饰品并深以为然，直到年近二十岁，才突然发现那些竟然都是实用之物，不禁黯然神伤，为世人的清苦而悲不自胜。

还有，我不知道“空腹”的感觉。这并非在炫耀自己出生于衣食无忧的富裕人家，我还不至于如此愚蠢，只是真的不知道“饥肠辘辘”是一种什么感觉。这话听起来或许有些奇怪，可我就算肚子饿了，也常常毫无察觉。读小学、初中时，我从学校一回到家，周围便有很多人围上来，七嘴八舌地抢着说：“哎，肚子饿了吧？我们自己也是这么过来的，放学回到家时肚子就已经饿得咕咕叫

呢。来点甜纳豆[1]怎么样？还有长崎蛋糕和面包哦！”说些诸如此类的话，一阵忙乱。于是我便发挥自己天生喜欢讨好人的拍马屁精神，小声回应一句“肚子饿了”，顺手抓十几颗甜纳豆丢进嘴里，实际上根本没体会到肚子饿是什么滋味。

话虽如此，我的饭量可不小，但却从未有过肚子饿了才去吃东西的记忆，几乎没有。我吃过世人常说的珍馐美味，也吃过通常所说的豪华大餐，还有到外面用餐时，端上来什么吃什么，哪怕强迫自己也要硬撑着吃下去。对于儿时的自己来说，最痛苦的时刻便是家里的用餐时间了。

在我乡下的老家，每到用餐时间，全家十几口人全部到齐，面对面分坐两排，面前摆放着各自的餐盘和饭菜，我作为家中最

---

① 又称甘纳豆。将小豆、豇豆、菜豆等豆粒煮熟控干水分，撒上砂糖的一种零食。

小的孩子，理所当然被安排在最末的位子。用餐的房间光线昏暗，到了午饭时间，一大家子十几口人全都一声不响地坐在那里自顾自地埋头吃饭，每每回想起那个画面，总会感到不寒而栗。加之我家又是乡下因循旧习的家族，竟连菜品也几乎一成不变，完全不指望会出现什么珍馐美味或豪华奢侈的大餐，因此越发对用餐时间感到恐惧。我坐在光线昏暗的房间最末席，感到一股寒意包裹全身，冷得直发抖。我一点一点地夹着饭菜，勉强塞进嘴里，却在心中暗自思忖：人到底为什么非要一天吃三顿饭呢？用餐时，每个人都是一脸严肃，就像举行一种仪式，一大家人每天三次准时聚在光线昏暗的屋子里，一丝不苟地摆好饭菜，即便没有食欲，也默默地嚼着口中的食物，同时将头垂得更低。我甚至觉得，这或许是向游走于家中的亡灵进行的祈祷仪式。然而，就是这种迷信（直到今天我依然认为这是迷信）每时每刻都让我感受到不安

和恐惧。“人不吃饭就会死，所以不得不辛苦劳作挣钱吃饭”，对我而言，没有比这更加晦涩难懂、更加令人感到胁迫的话了。

可以这么说，对于人类的行为，时至今日我依然一窍不通。我个人的幸福观和所有世上人们的幸福观有着巨大差别，这令我惶恐不安。因这份不安使我夜夜辗转难眠、痛苦呻吟，甚而几近发狂。我果真幸福吗？从小便常听人们说我幸福，而我却时刻感觉自己身陷地狱，在我看来，反而那些说我幸福的人们才过得安乐幸福，远非我所能及。

我甚至曾经设想，假如我有十件祸事，旁人哪怕遭遇其中一件，恐怕也足以令其丧命。

总之，我对此一窍不通。他人所承受的痛苦程度和性质，我无法感同身受。现实中那些只要有饭吃就可以解决的痛苦，或许

才是最强烈的痛苦，自己的十件祸事与之相比，早已被刮到九霄云外，简直不值一提。他们或许真如阿鼻地狱[①]一般凄惨，我无从知道。但即便如此，他们居然没有自杀，也没有发疯，心系政事放言高论，不屈服也不绝望，为了生活继续抗争——是不是这样就不会痛苦了？他们彻底变成利己主义者，并且坚信理当如此，从未对自己有过半点怀疑。若真如此，反倒简单。不过，所谓世上并非人人都是如此吧？难道都会感到满足吗？不知道……他们是否夜晚安然入眠，清晨醒来神清气爽呢？会出现何种梦境，走在路上又会做何思考呢？金钱？不至于吧，不会只有这些吧。似曾听说“民为食而生”，却从未听说过“民为钱而活”。不……不……也得看情况……不对，还是搞不懂……越想越无解，自己仿佛变

① 梵语音译的佛教用语。指八大地狱中的第八层，是位于地下最深、最恶的地狱。梵语中的阿鼻，指没有间断之意。

成一个异类，越来越被这种不安和恐惧所控制。我与其他人几乎没有交流，因为不知道说什么好。

于是我想到一个办法，那就是装疯卖傻、搞笑逗乐。

这是我向人类发出的最后的求爱方式。尽管我对人类极度恐惧，但又似乎无法彻底割舍与人类的情分，也因此，我才能在装疯卖傻的边缘维系着与人类仅有的关联。虽然我表面上不停地扮着笑脸，暗中却拼尽全力，小心翼翼地拼命搞笑逗乐，在危机一触即发中成功挽回局面，成功概率近乎千分之一，可以说是险中取胜。

从小，哪怕是自己的家人，我也猜不透他们的心思，完全不知道他们有何痛苦、在做何思考、为何而活，对他们唯有恐惧和无法忍受的尴尬，因此我成了搞笑高手。也就是说，不知不觉中

我变成了没有一句真话的孩子。

只要看看当时与家人的合照便会发现，其他人都是一本正经的表情，唯独我自己，总是扮着鬼脸，表情扭曲，脸上流露出古怪的笑容。这也是自己幼稚而可悲的一种搞笑方式。

无论家人们说我什么，我从未顶过嘴。他们寥寥几句玩笑话，于我的感受无异于晴天霹雳般强烈，几乎令我发疯，哪里还有还嘴的余地，我甚至还会钻牛角尖，固执地认为那些玩笑戏言就是万世一系的"人间真理"，自己没有践行真理的能力，恐怕已经无法和人类生活在一起了。因此，我从不与人争论，也不做辩解。受到责难之后，我就会下意识地认为别人说得合情合理，一定是自己的想法有误，因此总是默默承受来自他人的责难，内心则恐惧到近乎癫狂。

无论是谁，受到谴责或呵斥，心情大概都不会好过。然而，我却从他们生气的脸上，看到比狮子、鳄鱼、巨龙还要可怕的动物本性。仿佛草原上的牛一样，原本舒坦地横卧在一边，正在安静地休憩，冷不丁地猛甩尾巴，“啪”的一声甩向落在肚子上的牛虻，将其毙命。他们平时似乎隐藏起自己的本性，一旦有什么机会，就会在盛怒之下突然暴露出人类可怕的本性。看到这些场景，我总会感到无比恐慌，汗毛直竖、浑身发抖。一想到这种本性或许是人类得以生存下去的必备能力之一，我便对自己感到无比绝望。

对于人类，我始终心怀恐惧、战战兢兢，并且身为人类的一员，我对自己的一言一行更是没有丝毫的自信，唯有默默将自己的烦恼悉数藏入心中最隐秘的角落，收起自己的抑郁和神经质，整天装出一副天真可爱的开朗模样，就此渐渐将自己改造成为一个装

疯卖傻滑稽可笑的怪人。

做什么无所谓，只要能引人发笑。这样一来，即便我远离他们的所谓“日常生活”，他们应该也不会特别在意吧。总之，我绝不能成为他们眼中多余的存在，我是“虚无”，是“风”，是“空气”——这种想法越来越强烈，我凭借滑稽搞笑取悦家人，以及对于那些比家人们更加匪夷所思、更加可怕的男女下人，我也装疯卖傻，尽力奉上我的搞笑服务。

盛夏时节，我在浴衣[①]里面穿上红色毛衣，在走廊来回走动，引得家中所有人哈哈大笑，就连平时不苟言笑的大哥，看到之后也忍不住笑出了声。

“喂，阿叶，这么穿可不合时宜哦。”

---

① 日式浴衣，棉布质地的单层衣物，一般在沐浴后或夏季穿着。

他用满是宠溺的语气说道。什么嘛，就算我再喜欢搞笑，那也不是个不知寒暑冷热的怪人，奇怪到大夏天穿着毛衣在外面走！我只是将姐姐的毛线护腿[①]套在两只胳膊上，在浴衣的袖口处稍微露出一截，假装在里面穿了件毛衣。

父亲在东京公务繁忙，因此他在上野的樱木町购置了别墅，每个月的大半时间都住在东京的别墅里。每次回家时，父亲总会给家里人买来大堆的礼物，连亲戚们的也包括在内，这似乎成为父亲的一大乐趣。某日，父亲在返回东京的前一晚，将孩子们召集到客厅，面带微笑逐一问询每个孩子，下次他回来时想要什么礼物，并将孩子们的回答一一记在手账[②]上。父亲与孩子们如此亲

---

① 类似袖套的物品，套在腿部，覆盖到脚背或脚尖，用以保暖。

② 最初为江户时代丈量、调查农田面积、农作物产量等的官员使用的记录手册，后成为政府部门职员工作中的必备物品。如今的手账已成为日本男女老幼不可或缺的生活必备品之一，也是最能代表当下日本社会的文化符号之一。

近，是极少有的事。

“叶藏，你想要什么？”

听到父亲的发问，我竟一时张口结舌答不上来。

问我想要什么的那一刻，我反而突然什么都不想要了。我的脑海中瞬间闪过这样的念头——随便吧，反正世上没有任何东西能让我开心。并且别人送的东西，无论多么不合自己的心意，我也不会拒绝。对讨厌的事物不能明确表明不喜欢；而对于喜欢的事物，又像做贼一样畏首畏尾小心翼翼，内心备受煎熬，而这种难以言表的恐惧感又使我陷入苦闷之中。这么说吧，我就连二者择其一的权利也没有。我想，多年以后，我的人生之所以留下许多可耻的过往，这种令人生厌的癖性应该是重要原因之一。

见我扭扭捏捏一声不吭，父亲面色骤冷：

“还要书？浅草的商店街正在卖新年舞狮用的面具，大小刚好适合小孩儿戴在头上，你不想要吗？”

听到这句“你不想要吗”，我彻底放弃一切想法，乖乖认输。我不知该说些什么，实在无法用搞笑或别的什么做出回应。擅长装疯卖傻、化解尴尬的滑稽演员彻底认输。

“还是想要书，对吧？”大哥一本正经地说道。

“是吗？”父亲一脸扫兴，连写都没写，便“啪”的一声将手账合上。

简直太糟糕了！我把父亲惹恼，他必定会采取可怕的报复，能不能趁现在想办法挽回局面呢？那天夜里，我缩在被子里瑟瑟

发抖，思来想去，悄悄起身来到客厅，打开父亲刚才放手账的抽屉，拿出来一页一页熟练地翻着，找到写有礼物清单的地方，拿起手账上的铅笔舔了舔笔尖，郑重地写下“狮子舞”后，方才去睡。我自己对舞狮玩具没有一丁点儿兴趣，反而更想要书。但当我察觉到父亲想要给我买舞狮玩具的想法后，便一门心思想要迎合父亲的想法，为了讨好父亲，最终铤而走险深夜潜入客厅。

而我的这招非常手段，果然如我所料收获了极大的成功。不久之后，父亲从东京回到家中，我在孩子们的房间听到父亲高声对母亲说的一段话：

“在商店街的玩具店，我打开手账一看，喏——就这里，写着‘狮子舞’。这不是我的字啊。嗯？我正纳闷呢，突然想到，这一定是叶藏搞的鬼把戏。这小子真是，我问他的时候，他只顾

抿嘴傻笑，什么也不说，可是过后又忍不住想要。反正啊，这小子总感觉有点儿……真是个和别人不一样的小鬼头。装出一副不知道要什么的样子，可是却清清楚楚地写在这里！真那么想要的话，直接说出来不就得了嘛。我在玩具店好一阵笑呢。快去，把叶藏叫来！”

我还曾把家里的男仆女佣们叫到西式房间，命一名男仆在钢琴键上乱弹一气（我家虽在乡下，但大致的新鲜物件家中都有置办），而我自己则配合上不着边际的曲调，给他们跳起了印第安舞蹈，引得大家哈哈大笑。二哥打开镁光灯，将我正在跳印第安舞的场面拍了下来，等到照片洗印出来一看，从腰布[①]（其实就是一块印花棉布的包袱皮）的接缝处露出了我的小鸡鸡，逗得全家人捧腹大笑。这或许算是我的一次意外成功。

① 与现今皮带的作用相同，穿着传统服饰时缠在腰胯间的布条。

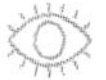

我每个月都会订阅十多本新刊少儿读物，除此之外，还托人从东京订购了各种书籍，独自埋头苦读。因此像什么“胡言乱语博士”呀，“什么什么博士”等等，我都了如指掌，还有各种鬼怪故事、评书、单口相声、江户趣话之类，也无一不精。因此，常常故作一本正经地讲些轻松有趣的段子，这也成了我取悦家人所不可或缺的保留节目。

然而，提到学校，又不知从何说起。啊啊！！！

我在学校，起初原本是受人尊敬的。然而“受人尊敬”这一观念再度让我陷入极度恐惧。我近乎完美地欺骗众人，然后被某个全知全能洞悉一切的家伙识破，我被当众揭穿输得一塌糊涂，遭受的这种羞辱甚至比死亡更甚——这便是我对于“受人尊敬”的自我定义。即便可以一时蒙骗住他人，得到尊重，但终究纸包

不住火，总会有人识别真相。接着不久之后，人们又通过此人得知一切而察觉被骗，那时人们的愤怒以及复仇，将会多么可怕。光是想象一下，也足以令人胆战心惊，骨寒毛竖。

我在学校受到尊敬，与其说是因为出身于有钱人家，不如说是得益于俗话所说的“聪明能干”罢了。我自小便体弱多病，常常连着一两个月请假，甚至曾经将近一个学年卧病在家，没有上学。尽管如此，我依然拖着大病初愈的身体，坐着人力车去学校参加学年末考试，结果比班里任何同学都“考得好”。即使身体状况还可以的时候，我也压根儿不学习。就算去了学校，上课时也是胡乱涂鸦，画些漫画之类，休息时间便拿来讲给班里同学听，引他们发笑。再就是作文，总爱写一些滑稽趣事，即便被老师点名批评也没用，我依旧照写不误。因为我心里清楚，其实老师私下也在悄悄欣赏我写的笑话并以此为乐。某日，我用

看似非常凄惨的风格，如同往常一样，将自己跟随母亲前往东京途中，朝放在火车车厢过道的痰盂里撒尿的糗事（其实自己当时并非不知道那是痰盂，只是为了显示孩子的天真单纯才故意那么做的）写成作文交了上去。我有足够的自信老师看到后一定会发笑，因此悄悄跟在准备返回办公室的老师身后，结果看到老师一出教室，便立刻从班级作文中挑出我的那一份，在走廊里一边走一边看，还不时哧哧地窃笑。不久，老师进了办公室，大概刚好读完，就见他满脸通红地放声大笑，还急着拿给其他老师，似乎在极力推荐他们一睹为快。看到这里，我甚是满足。

淘气包。

我成功地被人当成淘气包，从受人尊敬的恐惧中成功逃脱。我的家长联络簿上所有科目都是十分，唯有品德要么七分，要么

六分，这又成为全家人的笑柄。

可是，我的本性与这种淘气截然相反。那时，我在家中男仆女佣们的撺掇引诱下，学会了那些可悲的丑事，已经被他们玷污了。事到如今我认为，对年幼的孩子做出那种事情，简直是人类所犯罪行中最丑恶最下流，也是最残酷的一种。但是，我却默默忍受了一切。我甚至觉得因此领教到了人类的又一个特质，只能无可奈何地苦笑。如若自己养成说真话的习惯，或许就能毫不畏惧地向父亲或母亲告发他们所犯的罪行。然而，我竟连自己的父亲母亲也不能全然了解。对于向他人诉求的这种手段，我从未有过一丝期待。无论是诉求于父亲还是母亲，向警察诉求也好，政府也罢，最终不过是被那些精于世故之人，用所谓的世间常理喋喋不休地说教一番。

0　3　8

我十分清楚凡事必定有所偏颇。归根结底，诉诸他人只会徒劳无益，因此我不会说出实情，唯有默默忍受，继续装疯卖傻和各种恶搞，别无他法。

“什么嘛，你是说你不信任人类喽？咦？你小子什么时候成了基督徒？”——或许有人会如此嘲笑我一番。但是，我却认为，对于人类的不信任，最终未必会通往宗教之路。现实中，包括嘲笑我的那些人在内，人类难道不正是在彼此猜疑和相互不信任中，完全没有将耶和华也好别的神明也好放在心上，就那么若无其事地活着的吗？我想起幼年时期经历的一件事情。父亲所属政党的一位名人来到我们所在的镇上演讲，我跟随家里的男仆们一块儿前往剧场听讲。当天，剧场内座无虚席，镇上那些特别是与父亲来往相熟者统统到场，并且还使劲鼓掌。演讲结束之后，听众们三三两两地结伴而行，雪夜归途中，他们一路

讨论着，七嘴八舌地将当晚的演讲会贬得一文不值。其中也夹杂了与父亲颇有交情、所谓父亲的“同志们”的声音，他们用近乎怒斥的口吻议论着父亲的开场致辞如何拙劣，那位有名人士的演讲更被贬得一塌糊涂。接着，那些人顺便路过我家，进到客厅，却又个个面露喜悦，带着由衷的敬意对父亲说着今晚的演讲会多么的成功。甚至当母亲问起今晚的演讲会如何时，就连那些男仆也像无事发生一样，大言不惭地回答说“太有意思了”。分明在回家途中，他们还相互感叹，说没有比演讲会更无趣的事情了。

然而，这只不过是极微不足道的其中一例而已。人们彼此间相互欺骗，并且不可思议的是，双方竟然未曾损伤分毫，甚至也不曾察觉出彼此间的相互欺骗，这种因技术高超而看似光明正大又公平公正且保持心情舒畅的失信案例，在人类的现实生活中比

比皆是。然而，我对现实中人们彼此尔虞我诈的现象不是特别感兴趣，因为我就是借着装疯卖傻成天骗人的。我对教科书式的正义或道德并不关心。但我对那些一面尔虞我诈，一面却还能“光明正大且心情舒畅”地生活着，或是那些自信能够如此生活下去的人着实无法理解。世人终究没有教会我读懂其中的真谛。若能明白这些，也许我就不会如此惧怕人类，也不必拼命讨好人类，更不必与人类生活对立，从而夜夜饱受地狱般的痛苦煎熬了吧。换句话说，之所以没有向任何人告发家中男仆女佣们所犯的那些理应不可饶恕的罪行，并非因为我不信任人类，当然也不是因为基督教信仰，而是因为人类对于叫“叶藏”的自己，紧紧关闭了信任的大门。即便是我的父亲母亲，也时常展现出令我匪夷所思难以理解的一面。

然而，我从未向任何人倾诉的孤独气息，竟被许多女性凭

借本能嗅出，或许这也成为日后我被她们频频乘虚而入的诱因之一。

也就是说，对于女人而言，我是个能守得住恋情秘密的男人。

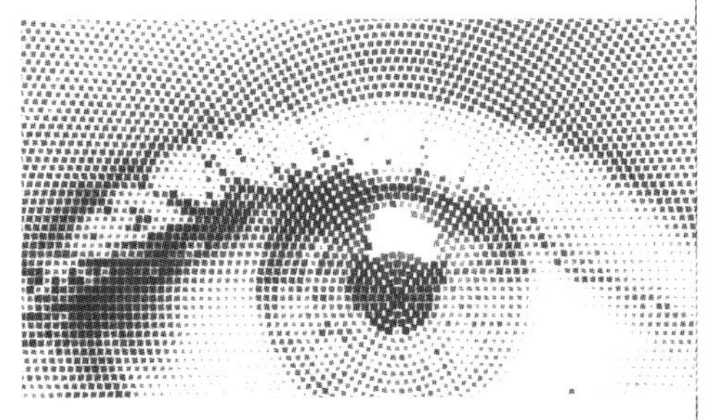

第二手记

03

0 4 5

在海浪拍打的岸边，临近海岸线的地方，并排耸立着二十多株树干乌黑高大的山樱[1]树。每当新学年[2]伊始，在蔚蓝色大海的背景下，山樱树上刚冒出的看上去还有些黏液的褐色嫩叶衬托着山樱树的花朵，格外绚烂。不久，又到了落樱飞雪的季节，樱花花瓣漫天飞舞散落入大海，如镶嵌在海面上的装饰一般，随波荡漾，旋即又被浪花拍打回岸边。东北某中学将樱花树下的这片沙滩直接当作了操场使用。我虽然未曾认真备考，却也意外考取并顺利入学。这所学校的制帽徽章上和制服纽扣上，都有盛开的樱花图案。

家中的一位远亲就住在学校附近，也因这个缘故，父亲便为我选了这所拥有大海和樱花的中学。我寄宿在那位亲戚家，由于

---

① 蔷薇科的落叶乔木。春季，伴随红褐色的新叶，开淡红色的花朵。

② 日本的新学年为每年的4月1日。

学校近在咫尺，我成了一名相当散漫怠惰的中学生。每每听到学校早课的钟声响起，这才跑着赶往学校。尽管如此，凭借一贯的滑稽搞笑，我在班里的人气日益高涨。

这是我有生以来第一次来到异乡。但我却认为，比起生我养我的家乡，异乡令我更加自在从容，心情舒畅。或许可以理解为，当时我装疯卖傻的搞笑本领已经到了随心所欲的地步，骗起人来也不似以前那般费力。然而，更进一步的原因是家人与外人、家乡与他乡其中客观存在着演技发挥上的难度差异，无论是何等天才，哪怕是上帝之子耶稣，也同样不可避免。对于演员而言，最难发挥的场所便是家乡的剧场，加之三亲六戚、至交好友济济一堂，被包围在众目睽睽之下的感觉，任凭多厉害的名角，恐怕也谈不上什么演技了吧。然而自己正是这样小心翼翼地一路演过来，并且收获了相当大的成功。像我这样的江湖老手去他乡表演，自

然万无一失，绝不可能演砸。

我对人类的恐惧与以往相比有增无减，它潜藏于心底，时刻在找寻机会蠢蠢欲动。但我的演技却日甚一日更加精进，在教室里总能逗得大家哈哈大笑，就连老师也一面感叹“这个班只要没有大庭[①]同学，一定是个很好的班”，一面掩嘴窃笑。甚至连那些讲话声如洪雷的军训教官，我也可以不费吹灰之力，瞬间将他们逗得哈哈大笑。

我以为已经彻底隐藏起自己的真面目，正想要松口气的时候，猝不及防地被人从背后捅了一刀。这个背后捅我一刀的男子长得实在一般，身体在班里最瘦弱，面色苍白略显浮肿，一看就是捡了他父亲或兄长穿过的衣服，上衣的袖子很长，穿在他身上像极

① 小说主人公名字为大庭叶藏，姓大庭，名叶藏。

了圣德太子[①]。学习也是一塌糊涂，军训课和体育课的时候，总是站在一旁观看，简直像个白痴一样的学生。就是这样一个家伙，连我也认为没有必要对他进行防范。

那天的体操课上，那个学生（我已经想不起他姓什么，只记得名字好像叫作“竹一”），也就是那个竹一，又像往常一样站在一旁观看，我们则按照要求进行单杠练习。我故意装出一本正经的严肃表情，对准单杠大喊一声，“嘿——”地一跃而起，身体像跳远一样向前飞出，不料“扑通”一声跌落在沙地上，摔了个屁股蹲儿——这一切都是计划好的失败。果然引得大家哈哈大

---

① （574 年—622 年），用明天皇的皇子，名厩户皇子，别名丰聪耳，圣德太子为其谥号。日本飞鸟时代著名的政治家，曾任推古天皇的摄政。对内制定不问出身唯才录用的“冠位十二阶”制度和“十七条宪法”，尊奉佛法，修建寺院；对外派遣小野妹子等作为遣隋使，与当时的隋王朝建立睦邻友好关系，著书众多。史书中多有提及，均为宽袍长袖的形象。

笑，我自己也苦笑着从地上爬起来，拍去裤子上的沙土。竹一不知何时站到了我的身后，他用手指戳了戳我的后背，小声嘀咕道：

“故意的。故意的。”

我大为震惊。故意谋划出丑这件事情，竟然不是被别人而偏偏是被竹一识破，这是我万万没想到的。在那瞬间，我仿佛亲眼看见了整个世界被熊熊燃烧的地狱业火[①]包围，火光冲天，啊——内心几乎崩溃，我很想大喊大叫发泄出来，但最终竭力控制住了自己。

接下来的日子里，我几乎每天都处在不安与恐惧之中。

---

① 佛教中指恶业害身如火，亦指地狱中焚烧罪人之火。

表面上看似无异，我依旧可怜巴巴地装疯卖傻用滑稽表演取悦众人，但有时也会忍不住独自哀叹，无论我做什么，全都会被竹一看穿，这样用不了多久，他一定会见人就说，四处扩散这个秘密。想到这里，我不禁额头直冒冷汗，像个疯子一样用奇怪的眼神不安地东张西望。如果可以的话，我现在一心只想早、中、晚，一天二十四小时寸步不离地监视竹一，看着他以防他说出这个秘密。这样的话，与他贴身纠缠的这段时间，我可以想尽一切办法，让他对我的滑稽搞笑深信不疑，相信并非我“故意”诓骗，而是本就如此。倘若一切顺利的话，我甚至还想和他成为独一无二的朋友。这些让我心烦意乱，焦虑万分，我甚至想到，若一切都不可行的话，事到如今，也只能盼他早日一命呜呼了。但是，我从未对他有过杀意。在我的过往人生中，曾多次祈盼有人杀了我，但动手杀人的念头，一次都没有。我认为这样一来，反而让那些

令人恐惧的对手终得善果获得幸福。

为了收服竹一，我脸上时常堆满犹如冒牌基督徒式“关爱”的媚笑，头部略微左倾约三十度，轻轻搂住他瘦削的肩膀，如同安抚小猫一般，用嗲声嗲气的腔调邀请他到我寄宿的亲戚家玩儿，而他总是眼神茫然地看着我，一声不吭，也不做回应。记得那是初夏时节，我终于逮到机会成功俘获竹一。某日放学后的傍晚时分，突然下起了阵雨，雨势又急又大，白茫茫一片，好似从天倾泻而下，同学们都在发愁该如何回家。我因为住得近，便满不在乎地准备向外冲，突然发现竹一正孤零零地站在木屐柜[①]的角落里，便上前相邀：“去我家吧！我借给你雨伞。”随即一把

① 即放置木屐的鞋柜。木屐源自中国，后传入日本。为两齿木底鞋，搭配日本传统服饰穿用。过去日本的学校等室内场所需脱鞋入内，故门口设有木屐柜。

抓住缩在一边的竹一，一起冲出门外，在大雨中狂奔。到家后，我先把两人淋湿的上衣拜托给表婶帮忙烘干，然后拉着竹一直奔二楼我的房间。

那户人家只有三口人，年过五十的表婶，三十来岁、戴着眼镜、身材高挑且有些病恹恹的大姐（这个女儿本已出嫁，之后又返回娘家。我也随着这家人称呼她“大姐”），还有一位听说最近刚从女子学校毕业、名字叫作节子的妹妹，她与大姐长得一点也不像，身材小巧，一张圆脸。楼下开了间小卖店，摆放了一些文具用品和运动器材，但家中收入主要来自已过世的男主人当初建造后留下的五六排长屋[①]所收的房租。

“耳朵好痛。”

---

① 长排房屋，联排房屋。

竹一站在那里说道。

“只要一淋雨，耳朵就会痛。”

我上前一看，果真两只耳朵都患了严重的耳漏[①]，脓水眼看就要流到耳郭外了。

“哎呀，这怎么行呢，很痛吧？”

我夸张地说道，并故意装作很吃惊的样子。

“都怪我，不该拉着你在雨里跑，对不起哦！”

我学着用女人的语气和他说话，并“温柔”地向他表达歉意。接着又去楼下要来棉球和酒精，让竹一将头靠在我的膝盖上，仔细地替他清理耳朵。竹一似乎并未察觉出这又是经过我筹划的伪

① 从外耳道内流出一些异常的液体性分泌物，医学上称之为“耳漏”。

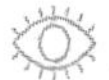

善诡计。

“以后一定会有女人迷上你的。”

他躺在那里，头枕着我的膝盖，傻乎乎地恭维道。

然而，很多年后我才意识到，这句话如同恶魔之咒语般可怕，或许连竹一自己也不曾料到吧。不论是“迷上女人”，还是“被女人迷上”，这话听起来无比下流，俨然带有一种戏谑和扬扬得意的感觉，就算再怎么严肃的场合，似乎只要稍微冒出一句，忧郁的伽蓝[①]也将顷刻间礼崩乐坏，化作一片废墟。但若不用“被迷上的痛苦”这类俗话，而是用“被爱上的不安”这种文学语言来表达，就不至于发生摧毁忧郁的伽蓝这种事情，这真是奇妙。

① （宗教用语）源自梵语，原指僧院，泛指佛寺，后引申为寺院护法神。

0 5 5

竹一一面由着我替他清理耳朵的脓液，一面说出“以后一定会有女人迷上你”之类愚蠢的恭维话，我当时只是红着脸笑了笑，没做任何回应，心里却隐隐有些许认同。不过，“迷上你”这种粗鄙的话语生出一种扬扬得意的氛围，他这么随口一说，我便认同有些道理，这会显得我的想法十分愚蠢，甚至比相声里傻乎乎的大少爷的台词还要无聊，所以我自然不会抱着这种充满戏谑和扬扬得意的想法直接承认“有些许道理”。

对我而言，女人之复杂难懂程度，比男人更甚数倍。我家族中的女性人数多于男性，亲戚家中同样也是女孩儿居多，还有那些对我实施“犯罪”的女佣们，因此可以说我自小便是在女人堆里长大的。然而，在我的内心却一直如履薄冰，和这些女性打交道时分外谨慎。多数时候，完全摸不着头绪，如坠云里雾里，倘若一不留神踩到老虎尾巴，必然遭受沉重打击，而这不同于来自

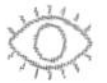

男性的鞭笞之刑，而是像内出血一样，内心留下极大的创伤，难以治愈。

女人有时热情似火主动靠近，有时又冷若冰霜拒人于千里之外；或是在人前对我嗤之以鼻不屑一顾，在无人处却能与我依偎相拥亲密无比。女人熟睡时就像死去一样，难道她们是为了沉睡而活着的吗？自幼年时，我便开始对女人进行种种观察。尽管同样身为人类，我却认为女人和男人是截然不同的两种生物。不可思议的是，这种难以捉摸又大意不得的生物竟然时时呵护着我。“被女人迷上”或“被喜欢上”这样的说法完全不适合我，倒是用“被呵护”，或许更能贴切地说明实际情况。

在搞笑这件事上，女人似乎比男人更容易轻松面对。每次当我说笑时，男人们一般不会张着大嘴傻呵呵地笑个不停，我也深

知在男人面前搞笑，万不能得意忘形表演过头，否则必定落得惨败，因此时常在心里提醒自己，一定要适可而止，见好就收。而女人却不懂得适度，总是一次次地向我提出进一步的要求，为了配合她们不停歇的“再来一个”而不停搞笑，直至将自己累到声嘶力竭疲惫不堪才肯罢休，而她们也确实非常能笑。女人似乎比男人更懂得享受快乐。

我读中学时寄宿的那家亲戚家里，无论是大女儿还是小女儿，只要一有空闲，就会突然闯进我二楼的房间，每次我都吓得差点跳起来，站在一边惊魂不定。

“在学习吗？”

“没有。”我一边作答一边浅浅地笑着合上书本。

“今天啊，在学校里头呢，有一位叫‘棍棒’的地理老师……”从我口中喷涌而出的尽是这种无聊空洞的滑稽段子。

“阿叶，你戴上眼镜看看。”

某日傍晚，妹妹节子和大姐一同到我房间来玩，逼着我表演了很多搞笑段子，好一顿折腾，最后竟然还提出这种要求。

“为什么？”

“先别管，你就戴上试试看嘛。就借大姐的眼镜好了。”

她们永远都在用这种蛮横无理的命令语气和我说话。滑稽演员乖乖听话戴上姐姐的眼镜，立刻逗得姐妹二人笑翻在地。

“太像了！简直和劳埃德一模一样！”

当时，名叫哈罗德·劳埃德[①]的外国电影喜剧演员在日本家喻户晓。

我随即起身，举起一只手，嘴里一边念叨着。

“诸位，在此谨向日本的影迷朋友们……”

我尝试着模仿劳埃德的某场致辞，这下逗得她们更加笑得停不下来。自那以后，只要一有劳埃德的电影来镇上放映，我必定前往剧场观看，并对他的举止表情等暗自揣摩研究一番。

某个秋日夜晚，我正躺在被窝里看书，大姐忽然像只鸟儿般飞奔进来，不由分说一头扑倒在我的被子上，哭哭啼啼地向我诉说着。

① （1893年~1971年）美国著名喜剧电影演员，同时也是导演及制片人。

“阿叶，你是会帮我的，对吧？我们一起离开这个家吧！救救我啊！你救救我！”

她一面口不择言地说些令人错愕的话，一面呜呜咽咽地抽泣着。不过，幸好我已不是第一次见识到女人在我面前故意做出此种情态，因此大姐的这番过激言辞并未使我感到震惊，反而觉得这种招数太过老套陈旧、毫无新意，颇为扫兴。我没有说话，默默地从被窝里钻出来，拿起桌上的一只柿子将皮削去，切下来一块递到大姐手里。大姐抽抽搭搭地一面继续啜泣一面吃起柿子来，问我道：

“有没有什么好看的书？借我一本。”

我从书架上选了一本夏目漱石的《我是猫》，交给她。

“多谢款待。”

大姐面带羞涩地笑了笑，走出房间。对我来说，其实不光这位大姐，天下的女人究竟是以何种心态活在这世上的——要想探究清楚这件事情，恐怕比钻研蚯蚓的心思还要复杂、烦琐，甚至令人不寒而栗。不过，从我自小的经验总结得出一条秘笈：女人若像刚才那样突然莫名其妙哭闹起来的话，只消给她们一些甜食，她们吃了之后，一定会转悲为喜，雨过天晴的。

而妹妹节子，她甚至还带了自己的好朋友来我房间，我照例公平对待，竭力搞笑取悦她们。待她那些朋友走后，节子必定会向我嚼舌根，说些朋友的坏话。那个谁谁是不良少女，所以你得小心啦等等，总少不了对我说些捕风捉影的事情。我在心中暗自反驳：既然如此，你不带她来不就好了？拜节子所赐，她带来造

访我的客人，几乎都是女孩。

然而，这距离竹一的恭维话“被女人迷上”的预言成真尚有时日。也就是说，我还只是个日本东北的哈罗德·劳埃德而已。竹一那句不过大脑的恭维话作为可怕的预言，以血淋淋的恐怖现实来到身边，并以不祥的样貌呈现于眼前，那是多年以后的事了。

竹一还送给我另外一份不同寻常的礼物。

“这可是妖怪的画像喔！”

有一次，竹一到我二楼的房间来玩时，拿出了随身带来的一幅原色版[①]的卷首插画，颇有些得意地展示给我看，并补充

① 三原色油墨加上黑色油墨产生与原画相同色彩的一种凸版印刷法，或其印刷品。

说明道。

喔唷！我心中暗暗惊讶。我的堕落之路，就此定格在那一瞬间——许多年后，我依然对此坚信不疑。我认得，那不过是梵·高的一张自画像罢了，这些我是知道的。在我的少年时代，法国的所谓印象派绘画在日本正当流行，西洋画鉴赏的第一步大抵由此入门。因此像梵·高、高更、塞尚、雷诺阿等人的绘画作品，即便是乡下的中学生大多也见过这些作品的照片版。我自己同样也见过不少梵·高的原色版画作，并对其笔触的新颖独特、色彩的艳丽方面颇有兴趣，但却从未想过是妖怪的画像。

“那么，这种画你觉得怎么样？莫非也是妖怪？”

我从书架上抽出莫迪利亚尼的画集，给竹一看那幅肌肤晒得如赤铜色般的裸体妇人像。

“真厉害！”

竹一瞪大了眼睛感叹道。

“像地狱之马。”

“还是妖怪啊？”

“我也想画这种妖怪的画像。”

对人类极度恐惧的人们，反而会产生这样一种心理，更加强烈渴望亲眼看见惊悚骇人的妖怪，越是神经质、胆小怯懦的人，越发祈盼暴风雨来得更加猛烈。啊啊，这群画家被称为人类的怪物所伤害、所胁迫，直到最后宁愿选择相信幻影，并在光天化日之下亲眼看见了栩栩如生的妖怪。并且他们绝没有用滑稽恶搞来进行掩盖，而是努力还原和展现他们的亲眼所见，正如竹一所言，

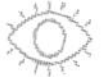

他们毅然决然地描绘出了“妖怪的画像”。我未来意气相投的同道者或许就在这里——想到此，我兴奋得险些流下眼泪，一种无法言说的情绪直上心头，我强忍着内心的激动，压低声音对竹一说道：

“我也要画！我要画妖怪的画像，我要画地狱之马！”

从读小学起我就喜欢画画，也喜欢欣赏画作。不过我画的画，却不似我的作文那般受到周围人的好评。我本来就一直不相信人们说的话，作文之类对我而言不过就像调皮恶搞的寒暄罢了，虽然从小学到初中一直令老师们欣喜若狂赞叹不已，但我自己却觉得枯燥无趣，唯有绘画（漫画之类则另当别论），虽然在其内容的表达上，呈现出略显稚嫩的个人风格，但多多少少也付出了一番苦心。学校图画课的绘画摹本没什么参考价值，老师的画功也

堪称拙劣，我只得自行摸索，胡乱尝试各式各样的表现手法。升入中学后，我有了全套的油画画具。我试图从印象派画风中寻求用笔规范，但所完成的习作依旧像彩色印花的和纸手工一样呆板单调，缺乏立体感，完全看不出画的是什么。此刻通过竹一这番话的提示，仿佛醍醐灌顶，方才意识到自己一直以来对于绘画的认知和心态完全错误。看到美好的事物，便想要将其原封不动、尽力完美地展现出来，一直以来我的这种想法，是多么得天真和愚蠢。那些大师可以通过自己的主观意识，将平凡普通的事物展现得无比美好，或是面对丑陋的事物令人作呕引起不适的同时，却毫不隐藏对这些事物的兴趣，沉浸在表达的喜悦中。也就是说，他们的创作丝毫不受他人意见所影响——这是我从竹一那里得到的最本真最朴素的秘笈。于是我瞒着节子和她带来的那些女性访客，开始慢慢着手进行自画像的创作。

连我自己看过之后都会大吃一惊的一幅阴郁颓废的自画像作品终于完成了。然而，这才是我内心深处层层掩盖的真实面目。我表面上笑得十分开朗，而且也总给别人带来欢笑，其实内心非常阴郁。“这也是没办法的事”——我在心里不得不默默承认了这个事实。不过这幅自画像，除了竹一，再没给其他任何人看过。我可不希望自己整天装疯卖傻的背后、阴郁颓废的真面目被别人看穿，从而陷入被人处处小心防备的尴尬境地，并且我也担心万一他们看不出来这就是我的真实面目，而将其视为一种新鲜趣味的戏谑手段，随之沦为新的笑柄也未可知，这对我来说是最痛苦的事情。因此，我立刻将那幅画藏进了壁橱的最里面。

我将这种“妖怪式画法”小心珍藏起来，在学校的图画课时间，一如既往用平庸的笔触，努力将原本美好的事物以美好的方式呈

现出来。

只有在竹一面前，我可以自始至终毫不避讳地展现脆弱敏感的神经，并放心地给竹一看了我的这幅自画像，得到了极高的赞许，于是一鼓作气又继续画了两三幅妖怪式的画像，这次从竹一那里得到了另一个预言：

“你将来一定会成为一位伟大的画家！”

“被女人迷上”和“成为一位伟大的画家”这两个预言，由竹一这个傻瓜将其刻印在我的额头。终于，我带着它们离开家乡来到了东京。

我自己本想上美术学校，但是父亲老早便打定主意，一心想送我读高中，将来好出仕为官，并且也提前将他的决定悉数告知

了我，故此生性从不还嘴的我，就这样懵懵懂懂地遵从了父亲的安排。父亲命我自四年级起就开始报考，加之我对这所拥有樱花和大海的中学也早已厌倦，便放弃直升五年级，等到四年级课程修完，直接参加了东京的高中入学考试并顺利考取，随即开始了学校的寄宿生活。然而，那种肮脏邋遢、粗暴野蛮的寄宿生活着实令我难以接受，哪还有心思搞笑，唯恐避之不及，便找医生开了一张浸润型肺结核[①]的诊断书，搬离宿舍，从此住进了父亲位于上野樱木町的别墅。我无论如何也接受不了集体生活，加之一些诸如“青春的感动”“青年人的骄傲”之类，听得我汗毛直竖。总之，所谓“高中生精神”的那些玩意儿，我实难苟同。不论教室还是宿舍，到处充斥着被扭曲的性欲，犹如脏

① 一种较为常见的继发性肺结核，也属于严重的活动性肺结核，具有较强的传染性。

乱不堪的垃圾场，就连我那近乎完美的搞笑本事，在这里也失了用武之地。

议会休会期间，父亲在别墅待的时间每月最多两周，他不在时，偌大的别墅便只剩了看管别墅的一对老夫妇和我三个人生活。虽然我隔三岔五地逃课，但却从未想过到东京各处游逛（看来我这辈子是去不成明治神宫、楠木正成的铜像、泉岳寺里四十七义士墓等名胜古迹了），终日闭门不出，窝在家里看书作画。父亲在的日子里，我每天早上匆匆忙忙赶往学校，但有时也会去本乡千驮木町的西洋画家、安田新太郎开的画塾学习素描，一待就是三四个小时。搬离了高中的集体宿舍之后，即便去学校上课，也感觉自己是一个特殊的存在，像个旁听生似的。或许是因为自己性情乖张不合群，总之这种感觉越来越强烈，就越发懒得上学。我一路从小学、初中直至读到高中，始终未能理解何谓“爱校心”，

也从未想过学唱校歌之类的东西。

没多久，我从画塾的一名学生那里接触到了烟、酒、妓女、当铺以及左翼思想。十分奇妙的搭配，但事实如此。

那名学生名叫堀木正雄，出生于东京的平民区，比我年长六岁。从私立美术学校毕业后，由于家中没有画室，因此便来到这家画塾学习西洋画。

“能不能借我五块钱？”

我和他不过数面之缘，之前也从未有过只言片语的交谈。我慌忙掏出五块钱递给他。

“太好了！走，去喝两杯！我请客。哟，还是个帅哥嘛！”

我推托不掉，被他拖拽着去了画塾附近蓬莱町的一家小酒馆。

就这样，我与他开始了朋友间的交往。

“我早就开始注意你了。喏，就是这种略带羞涩的微笑，这可是有大好前途的艺术家特有的表情啊。为了纪念我们的友谊，干杯！阿绢，这小子是个美男子吧？你可不能迷上他哟。就是因为这小子来了画塾，我只能十分遗憾地沦为二号美男子了。”

堀木肤色略黑，样貌端正，衣着打扮在美术学生中十分少见，穿着一身有些档次的西服，领带的品位也颇为淡雅，头上还擦了发油，从正中分开一丝不苟地梳向两边。

许是环境比较陌生的缘故，我坐卧不安地反复将手臂或交叉于胸前或又松开，脸上始终保持着腼腆羞涩的微笑。两三杯啤酒下肚之后，很快便感到身心解放的畅快和轻松。

0　7　3

“我原本想上美术学校，可……”

“不！不！没意思。那种地方是真的没意思。学校简直太无聊了。我们的老师，存在于大自然中！存在于我们对大自然的激情中！”

然而，我对他说的话没有产生丝毫的敬意。这家伙肯定是个傻瓜，绘画也一定很糟糕。不过，要说到吃喝玩乐，或许是个不错的玩伴，我在心中暗自思忖。换句话说，那是我有生以来第一次亲眼见识到真正的城市无赖。虽然与我形式各异，但是完全游离于世俗生活之外、身陷困惑之中，单从这点来看的确与我归属同类。不过，他是在下意识中揶揄调侃，并且全然没有意识到其中的悲哀，这是他与我本质上的最大不同。

我时刻提醒自己，与他的交往仅限玩乐，他只是因玩乐而结

交的酒肉朋友。我始终对他心怀藐视，有时甚至耻于和他交往。然而，在不断与他同出同进结伴游玩的过程中，我终于被这个自己瞧不上的男人彻底击垮。

刚开始，我觉得他是个好男人，甚至认为他是一个极为少见的好男人，就连生性惧怕人类的我也完全放松戒备，并且心中暗喜，以为认识了一个不错的东京向导。其实我天生胆小，独自乘坐电车时，对售票员会莫名地产生恐惧；想去剧场看歌舞剧表演，一看到剧场大门口铺着红色地毯的台阶旁边站成两排的领位小姐，便会畏缩不前；在餐厅用餐时，悄无声息地站在我身后、准备等我吃完收拾空盘子的服务生，也会令我感到不安；尤其是结账时，啊——我那僵硬的姿势！买完东西付钱时，并非舍不得，实在因为紧张，因为害羞，因为不安和恐惧，我会瞬间感到头晕目眩，仿佛世界漆黑一片，几乎处于半疯狂的状态，哪里还顾得上讲价，

不光忘记收下找零，甚至连购买的物品也常常忘记带走。这种事情屡有发生，因此无论如何我绝不可能独自在东京街头闲逛，整日窝在家中无所事事，实为无奈之举。

我与堀木一同外出游玩，只要将钱包交由他保管，他便疯狂砍价，再加上很会玩，总能用极少的钱换取最大价值的消费。他避开车费高昂的出租车，合理区分利用电车、巴士、蒸汽小艇这类交通工具，以最短时间抵达目的地，展现了他的过人才干。清晨从妓院归家途中，顺道绕至某某料亭[①]，先泡个热水澡，再就着海带豆腐汤小酌几杯，花费不多，感觉却很奢侈，他还不忘以此对我进行现场教学。此外，他还向我传授了路边移动摊位卖的牛肉盖饭烤鸡肉串如何价格实惠又营养丰富，而一说到喝酒，他则异常笃定地表示，能让人迅速进入醉态的必是“电气白兰

① 日本饭馆。

地[1]”，无出其右。总之，在结账方面，他从未让我有过丝毫的不安和恐惧。

与堀木交往中让我得以解脱的还有一点，他完全不理会对方的想法，任由自己激情澎湃（或许他所谓的激情，不过是无视对方的立场罢了），一天到晚口若悬河地说个不停，我从不担心和他两个人走累了，会陷入尴尬。与人打交道时，我会时刻留意以防出现令人恐慌的沉默场面。因此原本少言寡语的我才会在紧要关头拼命地说笑逗乐，如今堀木这个笨蛋既然想也不想主动接过这个搞笑角色，我也不必认真理会，只要听着便好，时不时笑着来一句“真的吗？不至于吧”。

不久之后，我逐渐明白，烟、酒、妓女这些全是消除对人类

① 一种白兰地酒，仿白兰地的杂牌酒商标名称，因“电气”是当时最先进文明的标志，因此被冠之以酒名。

恐惧而十分有效的手段，纵然只是片刻。为了追求这些手段，我甚至生出宁愿倾尽所有也绝不后悔的念头。

对我来说，妓女这种存在，既不是女人，也不算人类，看起来更像白痴或狂人①，躺在她们怀里，我反而感觉无比心安，睡得格外踏实。她们没有丝毫的贪念和欲望，甚至到了可悲的地步。也许是从我身上感受到或为同类的亲切感，妓女们总是向我流露出自然而然的善意，且不会令我感到拘谨。这是一种毫不计较任何得失的善意，不带任何强买强卖的善意，对一个恐怕下次再也不会光顾的客人的善意，我在这些近乎白痴或狂人的妓女身上，真真切切地曾在夜里看到过圣母玛利亚的光环。

然而，为了从人类的恐惧中逃离，我前往妓院，只为寻求卑

① 即疯子、疯人、精神异常之人。

微的一夜安眠，和真正与自己为“同类”的妓女们嬉戏缠绵之际，不知何时起一种不祥的氛围在身边毫无察觉地弥漫扩散，这是完全出乎我意料的“附赠品”。这所谓的“附赠品”渐渐鲜明地浮现于表面，待堀木一语道破时，我不禁愕然，自此便心生厌恶。在旁人看来，套用世俗的说法，我通过与妓女的交往来修炼与女人打交道的技艺，最近越发精进。这种与女人打交道的修炼，据说经由妓女的历练最为严格，也最有成效。我甚至感觉自己周身已然发散着“情场老手”的气息，女人们（不仅限于妓女）凭借本能嗅到之后，随即主动上前投怀送抱。这种低俗而有失体面的气息作为“附赠品”随之而来，并且这种附赠品的气息相当明显，远胜只想寻求一夜安眠的初衷。

堀木的话，或许一半是出于对我的恭维，然而我却感觉有些说中，内心十分郁闷。举例来说，有位咖啡店的姑娘曾给我写过

幼稚的情书；樱木町别墅的邻居、一位将军家里二十岁模样的女儿，每天早上在我上学时，明明没什么事情，却化着淡妆在自己家门口进进出出；我去餐厅吃牛肉饭，尽管默不作声，餐厅女服务员却……还有，经常光顾的香烟铺老板的女儿递过来的烟盒里竟然有……去看歌舞伎[①]表演时，邻座的女人……深夜的市营电车上，我因喝醉酒而睡得迷迷糊糊时……老家亲戚的女儿莫名其妙地寄来一封情意绵绵的信；还有，不知哪个女孩，趁我不在家时送来自己亲手缝制的人偶[②]……由于我极度消极和被动，每次都是无疾而终，仅留下一些琐碎的片段，从未有过任何下文。似乎在我身上笼罩着某种令女性魂牵梦绕心生向往的气息，这并非自我

① 江户时代形成的日本代表性戏剧。最大的特点是所有演员均为男性，女性角色采用男扮女装的形式。

② 用纸、木、泥等做成的玩偶。古时用于消灾避难的神灵的化身，也当作诅咒对象，后来演变成为儿童的玩具。

炫耀，也并非信口胡说的玩笑话，而是不可否认的事实。经堀木这样的人提醒，令我感受到近乎耻辱般的痛苦的同时，就此对与妓女寻欢作乐之事陡然失去兴致。

堀木在爱赶时髦的新潮思想影响下（放在堀木身上，我至今也想不出还有其他理由），某一日，带我参加了一个叫什么“共产主义读书会”（好像是R·S，具体记不清了）的秘密研究会。对于堀木这样的人来说，共产主义的秘密集会或许也是其“游览东京”的项目之一。我被介绍给那些所谓的“同志”，又让我购买了一本小册子，然后听一位坐在上座、相貌丑陋不堪的青年讲解了一通马克思经济学。不过，那些内容我早已滚瓜烂熟。理论上确实说得通，但是人类的内心更加复杂难懂，以及充满骇人的事物，称其为“欲望”也罢，“虚荣”也罢，都不够贴切，哪怕是将“色”“欲”二者合一，依然不足以将其准确地表达出来。

虽然我自己也有些似懂非懂，但是我认为人世间最根本的不光只有经济，应该还有鬼怪故事般的奇谈怪论，一向对鬼怪故事极度恐惧的我，对所谓的唯物论持肯定态度，就像水往低处流一样理所当然。不过，我依然未能借此摆脱对人类的恐惧，面对翠色欲滴的新绿，放眼望去，依然感受不到勃勃生机带来的希望的喜悦。尽管如此，我依然坚持参加R·S（记得好像是这个名字，也可能有误）的集会，从未缺席。集会中的那些“同志”，仿佛肩负神秘使命，个个神情严肃，全都沉迷于接近“一加一等于二”的初级算术般的理论研究，看上去十分滑稽，令人忍俊不禁。于是我又拿出了往日的搞笑本领，尽力使集会的氛围变得轻松一些。或许因为这个缘故，研究会的拘谨氛围渐渐得以缓解，我也越来越受欢迎，到后来甚至成为不可或缺的人气王。这些看上去思想简单的人，可能以为我也和他们一样是简单、开朗又诙谐有趣的“同

志”。假若真是如此，那我便是彻头彻尾地欺骗了他们。我不是他们的同志，但是每次集会必定到场从未缺席，并为众人献上自己的搞笑服务。

因为我喜欢，这群人十分合我的心意，但这种亲近感并非结缘于马克思。

“非法”——我隐约有些喜欢这种性质，准确地说，它令我身心愉悦。世上合法的事物反而更加可怕（它给人一种高深莫测无比强悍的预感），计谋缜密、复杂难解，与其坐在没有窗户、寒冷彻骨的“合法”的房间内，我宁愿纵身跳入窗外“非法”的汪洋大海，一直游到精疲力竭而亡，那样会令我更加坦然，心情舒畅。

有一个词，叫作“背阴角落之人”，形容那些见不得光，享

受不到世间眷顾而生活不如意的可怜人、失败者、作恶多端之流。我感觉自己生下来就是一个生活在背阴角落里的人，所以每当遇到同样被世人指责为“背阴角落之人”的同类时，我必定敞开心扉温柔对待，就连我自己都要沉醉在我的无限温柔中。

还有一个词，叫作“犯罪意识”。尽管我在这人世间，一生饱受煎熬，但它就像我的糟糠之妻，是我一生的良伴，我与它孤寂相对，一同落寞地嬉笑玩乐，或许这也是我曾经的一种生存状态。俗话说，“腿上有伤怕人知，心中有鬼不出门”。当我尚在襁褓中时，我的一条腿上便有了伤，长大之后不但没有痊愈，反而越来越深，直到深入骨髓，令我夜夜痛苦煎熬，仿佛身处千变万化的地狱之中，但同时这份伤痛也早已与我密不可分，以至于比我自己的血肉之躯更为亲密（虽然这种说法过于荒诞），我甚至想到那伤口的痛楚就像附着于伤口处的、具有鲜活生命的感情，又像陷入爱

情的恋人在耳边的甜蜜低语。对于我这样的男人来说，那种地下运动组织的氛围，让我感觉异常安心和舒适，也就是说，较之地下运动本身的目的而言，其表面形式的氛围更加与我契合。而堀木则更像傻子看戏凑热闹一样，为了将我介绍给他们曾去过一次集会，之后再也没有露过面。他装作有格调地说了句愚蠢的玩笑话，“马克思主义者在研究生产领域的同时，还必须考察消费领域”。自那之后，他不再参加集会，只是一味地怂恿我与他一同进行他所谓的消费领域的考察。如今回想起来，当时的马克思主义者五花八门，各种类型应有尽有。既有像堀木这样出于追赶时髦的虚荣心并且以此自居者，也有像我一样，仅仅因为喜欢这种“非法”的氛围而乐在其中者。倘若我们本来的面目被真正的马克思主义信徒识破，我和堀木定会遭受猛烈的炮轰，并被当作卑劣的背叛者即刻驱逐。然而，就连堀木也没有遭到除名处分，我也同样没

有被除名。尤其当我置身于那个“非法”世界时，反而比身在合法的绅士世界时更加从容淡定，自己的言行举止也更加“健康”，因而被视为大有前途的“同志”，委托给我种种高度机密的工作，实在令我忍俊不禁。事实上，我从未拒绝过这些请托，从容接受一切安排，也未曾因举止反常引起“狗”（“同志们”这样称呼警察）的怀疑而接受盘问，谈笑声中或借着与人戏谑逗趣之时，成功完成他们口中所谓的危险任务，最后全身而退。当时我内心的想法是，即使成为党员被捕入狱，就算一生在牢狱里度过也无所畏惧。我甚至认为，与其畏惧人世间日复一日庸庸碌碌的日子，每晚在不眠地狱中痛苦呻吟，或许牢狱生活更加安稳舒适些吧。

在樱木町的别墅，父亲或是接待来客，或是外出，虽住在同一屋檐下，却经常三四天见不到一面。即便如此，还是感觉父亲

有些难以亲近、令人生畏，虽没有说出口，心中却筹划着搬离别墅，在外面找个寄宿的地方住，不料这时却从看管别墅的老头那里听说父亲有意出售这栋别墅。

父亲的议员任期即将期满，定是出于种种原因，令他斗志全失，看样子也无意于今后的选举，而且他在家乡还建有一栋隐居之所，对他来说东京似乎也别无留恋。顶多为我这个高等学校的一介普通学生提供宅邸和供我使唤的下人，恐怕这些他也会认为是多此一举（父亲的心思与世人的想法一样，对我来说，实在难以理解）。总之，那房子很快便转手他人，我则搬进了一个破旧公寓的阴暗房间，公寓的名字叫仙游馆，位于本乡的森川町。随后很快陷入了入不敷出的境地。

在此之前，父亲每月会给我固定金额的零用钱，虽然两三天

便能花个精光，但是，香烟、酒、奶酪、水果这些物品，家中时有常备，至于书本、文具用品以及其他衣物相关的一切用度，向来是在附近的店里赊账购买，即便是我请堀木吃荞麦面、天妇罗盖饭，只要是附近街上父亲经常光顾的餐馆，我大可以吃完之后一声不吭地抬腿走人。

如今突然被迫独自在外借宿，所有开销全靠每月的固定汇款来应付，一切毫无防备，一时令我措手不及。父亲的汇款依旧是不消两三日便用尽，我不禁愕然，心中不安便发疯一般接二连三向父亲、哥哥、姐姐们发电报要求汇款，又写了洋洋洒洒“详见手书”的长信（信中提及的事项，皆为凭空杜撰的有趣段子。因我认为，有求于人必先哄其开心方为上策）。与此同时，又在堀木的指点下忙不迭地开始造访当铺，尽管如此，日子依然过得捉襟见肘。

归根结底，我还是没有能力在这无亲无故的公寓里独自生活下去。我害怕独自一人静静地呆坐在公寓的破旧房间里，似乎随时有人向我偷袭，于是不顾一切地冲出房间跑到街上，要么去帮忙做些地下运动的事，要么和堀木一起到处闲逛，然后喝一肚子廉价酒，课业和画画几乎全部放弃。在进入高等学校第二年的十一月，甚至还与一位比自己年长的有夫之妇惹出了双双殉情的事件，自此我的人生境遇急转直下。

我经常旷课不去学校，功课也从不上心，尽管如此，每次考试有如神助，已然掌握了答题要领，故而在那之前总算顺利瞒过家乡的亲人。然而，因为出勤天数严重不足等原因，据说校方暗中通知了家乡的父亲，结果大哥代父亲给我寄来一封措辞严厉的长信。不过与此相比，我的燃眉之急主要是手头拮据，以及地下运动的那些工作变得日益严酷和忙碌，令我再也无法以游戏的心

态对待。不知是中央地区还是别的什么地区，总之本乡村、小石川、下谷、神田一带的学校，所有马克思学生行动队队长的头衔都落到了我的头上。听到要举行武装起义，我便去买来小刀（现在回想起来，那把小刀根本连铅笔都削不动，不过是装装样子罢了），揣进雨衣口袋，带着它东奔西走进行所谓的“串联”。我很想痛痛快快地喝了酒，然后美美地睡一觉，可是囊中空空无钱买酒。再加上，P（我记得用这种暗语称呼党组织，也可能有误）又接二连三地分配来任务，让我应接不暇，几乎没有片刻喘息的机会，自己的病弱之躯也根本无法继续胜任地下工作。最初仅仅因为对“非法”产生兴趣，才去帮小组做些辅助事务，如今反倒弄假成真，忙得焦头烂额，心中渐生厌恶。我不禁对P组织的人暗自抱怨，“是不是来错地方了啊，去让你们的直系成员干吧！”随后溜之大吉。不过逃走之后心潮起伏，久久难以平静，百感交集之中最后决定

一死了之。

当时，有三位女性对我表现出特别的好感。一位是我借住的仙游馆房东的女儿，每次当我忙完地下运动组织交代的任务，疲惫不堪地返回公寓，顾不上吃饭准备倒头就睡的时候，她总会拿着信纸和自来水笔到我房间找我，并找了借口说：

“不好意思啊，楼下弟弟妹妹们吵得厉害，安静地写封信都不行。”

说完，便趴在我的书桌上一写就是一个多小时。

我明明可以装作无事发生自顾自地继续睡觉，但看她的样子，像是很期待我和她说点什么。于是我又像参加地下集会时那样，发挥了被迫奉献的精神，其实心里一万个不情愿，原本一句话也

不想说，但还是强撑着极度疲乏的身体，深吸一口气，然后“嗯！”地大叫一声，翻身趴在被子上，一边抽烟一边与她调侃。

“听说有个男人啊，用女人送给他的情书烧水洗澡哩。”

“哎呀，真讨厌！说的是你吧？”

“我嘛，用它烧水煮牛奶来喝的事倒是有过。”

“真荣幸啊，情书也没浪费掉，那你就好好喝吧。”

这个女人怎么还不快点回去？说什么写信，明明是借口，我早就看穿了。肯定是在用“へへののもへじ[①]”胡乱画稻草人玩呢吧。

“给我看看呗！”

① 一种日本文字绘，即用这七个日语假名绘制稻草人脸。

其实我心里打死也不想看，假装这么说了一句，结果招来她一连串的否认，“哎呀，不要啦！讨厌，不要啦！”她虽然嘴上说着不情愿，脸上却是一副喜滋滋的表情，没有一丝矜持和体面，简直不忍目睹，我顿时兴致全无，便想找点差事好将她打发走。

“不好意思啊，替我去趟电车轨道那条路上的药店，买点卡尔莫钦来好吗？我实在累得不行，脸也发烫，怎么也睡不着。麻烦你啦！哦对了，钱……”

“知道啦，什么钱不钱的！”

她乐不可支地起身离开。差遣女性为自己做事，不仅不会令她们感到失望沮丧，相反，她们会因男人有求于自己而感到由衷地开心——这一点我最清楚不过了。

还有一位是女子高等师范学校的文科生，也是我的所谓“同志”。这个人因地下运动工作的关系，即便不情愿，也不得不与她每天碰面。每当工作讨论结束之后，她总要跟着我走一路，而且还拼命为我买许多东西。

“你就把我当成你的亲姐姐好啦。”

她那副装腔作势的样子，令我不寒而栗，却也只能苦笑着回应道：

“我也是这么想的。”

总而言之，一旦惹怒了她，一定很可怕，无论如何必须想办法与她稳妥周旋。因为有了这样的想法，我便更加殷勤地侍奉这位长得又丑又讨人嫌的女人。每当她买东西送我（她买的东西，

着实没有品位。我多数是转身丢给卖烤鸡肉串的老板）时，我总是装出一副喜出望外的样子，并说些玩笑话哄她开心。某个夏日夜晚，又同往常一样，她跟着我走了一路说什么也不肯离开，我一心想让她快点离开，无奈就着街边的阴暗处给了她一个亲吻。可怜的她竟如同疯了一般兴奋不已，叫来一辆车，拉着我去了他们为开展地下运动在一座大楼里秘密租借下来用作事务所的狭小西式房间，一直折腾到第二天天亮。真是个荒唐的大姐！我不禁暗自苦笑。

房东的女儿也好，这名“同志”也好，无论如何每天都不得不与她们见面，因此不可能像以前遇到的那些女人一样巧妙避开。我在不知不觉中越陷越深，为了从熟悉的不安和恐惧中逃脱，只能拼命想办法取悦这两个女人，此时的自己，仿佛全身被无形的绳索紧紧束缚，丝毫动弹不得。

0　9　5

几乎与此同时，在银座某家大型西式酒吧，我得到了那里一名女招待的意外照拂。虽然只见过一面，但是碍于受其恩惠，我又感受到一种莫名的不安和恐惧，因不知该如何面对而不知所措。那时候，我已经不大依赖堀木的向导，可以独自搭乘电车，也可以一个人前往歌舞伎剧场看戏，或是穿着飞白花纹的印染和服进出西式酒吧，多少也能摆出一副满不在乎的厚脸皮模样。虽然内心依旧对人类的自信和暴力感到可疑、恐惧、苦恼，但至少表面上看起来变得逐渐能够和人一本正经地寒暄交流——不，其实从本质上来说，若不是面带充满挫败感的戏谑苦笑，自己还是没有办法与人寒暄交流——总之，哪怕是不管不顾、不知说些什么好的寒暄，我也可以做到了。这套“伎俩”莫非是在参加地下运动时，东奔西走中练就的？还是说因为女人？抑或酒？不过，主要还是因为手头不宽裕才迫不得已修炼成功。无论置身于何处，我都能

感受到无形的恐惧，还不如在西式酒吧，倘若能混迹于众多醉鬼、女招待和男侍应生们当中，被簇拥在乱糟糟的人群里，我这颗仿佛永远在被追逐和逃避的心灵或许才能得以安宁吧。于是我揣着十块钱，独自走进了银座那家大型的西式酒吧，微笑着对那女招待说道：

“我身上只带了十块钱，有多少算多少吧。”

“这您不必担心。”

她说话似乎带着些关西口音。奇妙的是，仅仅这样的一句话，便让我因不安而战战兢兢的一颗心立即平静下来。当然不是因为不用担心钱的事情，而是她让我感觉，似乎只要待在她的身边，就不必再有任何不安和顾虑。

于是我喝起酒来，因为她让我彻底放松下来，反倒没有心情说笑，一声不吭地喝着酒，丝毫不加掩饰地暴露出我原本寡言少语、性情阴郁的真实面目。

“这些小菜，您喜欢吗？”

她端来各式各样的下酒菜，摆在我面前。我摇了摇头。

“光喝酒吗？我也陪您喝几杯吧。”

深秋的夜晚，已渐生寒意。我按照恒子（记得是叫这个名字，但记忆早已模糊，不能十分肯定。这就是我，是个连殉情对象的名字也能忘记的人）的吩咐，在银座后面巷子里的一个卖寿司的小摊前，一边吃着毫无味道的寿司一边等着她的到来。尽管忘了那个女人的名字，但不知为何，当时的寿司虽然难吃，却被格外

清晰地留在记忆中。摊主是个面如锦蛇、剃着光头的大叔，站在那里摇头晃脑、煞有介事地捏着寿司的情景，依然鲜明地浮现在眼前。后来在电车上，我曾数次不经意间看到过那张脸，仿佛似曾相识，左思右想终于回想起竟是和那家寿司摊的大叔长得有几分像，不禁摇头苦笑。事到如今，那个女人的名字、长相早已从记忆里消失得不见踪影，唯独寿司摊主的那位大叔的样貌，我记得一清二楚，甚至都可以准确无误地画出来。如此印象深刻，可想而知当时的寿司有多么难吃。不仅如此，还要忍受寒风和精神上的折磨。话说回来，就算有人带我去味道鲜美的寿司店，我也从来没有觉得寿司好吃。因为寿司实在太大了，我止不住在心中暗想，难道就不能把寿司捏成刚好拇指般大小吗？

她租住在本所一个木匠家的二楼。我在她二楼的房间，毫无保留地展露出自己平日里晦暗的一面，单手托腮，一面喝着茶，

那个姿势就如同正在忍受阵阵袭来的剧烈牙痛。不承想，我的这副模样，似乎更加令她喜欢，对我越发怜爱。而她给我的感觉，仿佛是一位完完全全遗世而独立的女子，陪伴身旁的只有凛凛寒风中疯狂起舞的落叶。

我和她躺着说话，听她讲述自己的身世。她长我两岁，老家在广岛。她说：我是有丈夫的，先前在广岛开理发店，去年春天从家里逃出来，一起来到东京。丈夫在东京也没有找到正经工作，不久便犯了诈骗罪，进了监狱。我每天都去探望，顺便再给他送些东西，不过从明天开始，我再也不会去了……如此这般说给我听。然而我生性对女人的身世之类的话题没有兴趣，或许是因为女人笨嘴笨舌，不善于表达，也就是不懂得抓住讲话的重点，总之，我一向是左耳朵进右耳朵出。

1　0　0

孤单寂寞……

对我来说，相比女人抱怨身世的千句万句，都不如耳边的一声轻叹更能引起我的共情。我一直有此期待，却终究未能从这世上的女子那里亲耳听到，一次都没有，这让我深感诧异和不解。不过，虽然她嘴上没有说出“孤独寂寞”，但是她身上散发着一种无言的、极度的孤独寂寞感，就好像无形中有股一寸宽的气流包裹在她身体的四周，一旦靠近，我也会被那股气流包围，随之与我自己身上带有刺芒的阴郁气流恰到好处地相互交融，如同附着在岩石上的枯叶落入水底，使我从恐惧与不安中抽离脱身。

与躺在那些白痴妓女怀中放心酣睡的感觉截然不同（最明显的不同，便是那些妓女个个开朗活泼），同诈骗犯妻子同床共枕度过的一夜，于我而言，是身心获得解放的幸福之夜（我毫不犹

豫地用了这个超乎寻常的词语，并十分肯定。在我整本的手记中，我想它绝不会再次出现）。

不过，只此一夜。清早醒来，我从被窝里钻出，一下子跳起来，又变回了原来的模样，一个轻浮、善于伪装爱说笑的家伙。胆小鬼连幸福来敲门时都会害怕，碰到棉花也能受伤，当然也会为幸福所伤。我变得焦躁不安，想要趁着还没受伤前两个人尽早分道扬镳，于是用一贯的搞笑制造烟雾，企图遮掩过去。

“俗话说‘有钱人情在，无钱情缘散’，其实人们对这句话的理解嘛，刚好相反。根据《金泽大辞林》的解释，它的意思并不是说男人没钱了会被女人一脚踢开，而是说男人没了钱，自然而然就会意志消沉，萎靡不振，连笑声也变得有气无力。性格呢，会莫名其妙变得乖僻偏激，最终自暴自弃，主动将女人甩掉。是

那种陷入半疯狂的状态，甩了又甩，直到彻底将女人甩掉的意思。真可悲啊，那种心情我也能理解。”

还记得自己当时说了这番傻话之后，惹得恒子“扑哧”一下笑出声来。我在心中盘算着不宜久留，恐生变故，于是脸也没洗便匆匆离开。“有钱人情在，无钱情缘散”——当时自己信口开河生编硬造的一句话，不料在日后竟与我生出一段意外的纠葛。

之后的一个月，我没有再和那晚的恩人见面。与她分别之后，随着时间的流逝，最初的愉悦渐渐淡薄，反而从她那里接受过短暂恩惠一事，令我无端地惶恐不安起来，我感到一种无形的被束缚感。那晚在西式酒吧的费用，当时全部由恒子负担——就连这种俗事也开始让我变得介意起来，我觉得恒子终究是和仙游馆房

东女儿，还有那名女子高等师范学校的女学生一样，是只想逼迫我的女人。虽然已经远离，但我依然对她充满恐惧，而且我认为，和曾与自己共度一夜的女人再度相逢，她们一定会顷刻间燃起熊熊怒火，将我痛斥一番；而我生性怕麻烦不喜与人见面，于是越发对银座敬而远之。但是，这种怕麻烦不想见面的个性，并非因我狡猾，而是因为我还未能完全领悟这种奇怪的现象——女人这种生物，在一夜欢愉和早上醒来这二者之间没有哪怕一丝一毫的关联，如同记忆消失一般，将两个世界彻底切割分离，而她们自己却像无事发生一样，手段极其高明。这种不可思议的奇怪现象，至今我都无法理解。

十一月末，我与堀木在神田的一个路边小摊上喝着廉价的酒。这个“损友”在离开小摊之后，坚持要再找一处地方接着喝。我们明明已经身无分文，可他依旧死缠烂打地吵着“去喝吧，走吧”。

当时可能自己也喝得微醺，我便借酒壮胆，答应了他的要求。

“好！既然如此，我就带你去梦幻王国。你可别怕啊，我带你去见识见识什么才叫酒池肉林……”

“西式酒吧？”

“对！”

“走喽！”

两人乘上市内电车，堀木兴奋地嚷着：“我今晚特别想亲近女人。可以亲吻女招待吗？”

我不大喜欢堀木的这副醉态，他也十分清楚这一点，为此堀木再三向我追问。

1　0　5

“可以吗？是玩亲亲哦。我一定要亲吻坐在我旁边的女招待给你看，真的可以吗？”

“无所谓啊！”

“太感谢了！我太想女人了！”

两人在银座四丁目下车。我在心里盘算着把恒子当作最后的救命稻草，于是两人几乎身无分文地走进了所谓“酒池肉林”的那家大型的西式酒吧。我和堀木刚在空的包厢面对面落座，恒子和另一名女招待便立刻跑进来，那名女招待坐在我旁边，而恒子则重重地一屁股坐在了堀木旁边，我不禁暗自捏了把汗。恒子马上要被亲了。

我并不感到可惜。自己原本就没什么占有欲，即便偶尔冒出

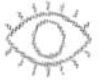

些许惋惜之情，也没有精力果敢决绝地主张自己的所有权并与人一争高下。甚至日后，与自己同居、尚未登记没有名分的妻子遭人侵犯，我也只是默不作声地在一边看着，装作无事发生。

我尽可能地不介入与世人的纷争。因为一旦被卷入事件的旋涡，那将很可怕。恒子与我只有一夜情分，她不属于我，我不该过分自信，也无须感到惋惜。然而，心里还是不由得暗自紧张。

当着我的面，恒子将会遭受来自堀木的狂吻，一想到这些，我就替恒子感到可怜。被堀木玷污的恒子，恐怕不得不与我分手吧，而我也没有足以挽留她的热情。唉，这一切马上就要结束了吧，我为恒子的不幸有过短暂的不安，但转眼便像流水东去一样，自然洒脱地放下一切。我来回审视着恒子和堀木的脸，露出一副

似笑非笑的表情。

然而，事态却朝着更坏的方向发展，大大出乎我的意料。

“放弃啦！”堀木撇着嘴说道，“就算我再怎么想，像她这种穷酸女……”堀木似乎颇有些为难，双臂交叉于胸前，毫无顾忌地来回打量着恒子，嘴角泛起一丝苦笑。

“来点酒，我没带钱。”

我悄声向恒子低语。这回可真要喝个痛快，不喝倒决不罢休。从俗人的眼光来看，恒子仅仅是个长相丑陋、衣着寒酸的女人，甚至连醉汉的亲吻都配不上。我完全没想到，确实有些意外。此刻的心情如同遭受晴天霹雳五雷轰顶。从没有像现在这样，我一杯接一杯地喝着，直到醉得天旋地转，我与恒子心酸地笑着，相

互对望。的确，听堀木这么一说，才发现这家伙不过是个长相寒酸、面色格外憔悴的女人。我在心里感慨的同时，竟然有一种同是清贫沦落人的亲近感（时至今日，我认为贫富之间的水火不容虽是老生常谈，但依旧是戏剧脚本中永恒的主题之一），这种感觉一时涌上心头，竟然觉得恒子也有些可爱，让我有生以来第一次主动意识到自己内心深处隐隐产生的、恋爱中的怦然心动。我吐了，醉得不省人事，那是我第一次醉到这种程度。

一觉醒来，看到恒子就坐在枕边。原来自己躺在本所木匠家二楼恒子的房间里。

“你上次说什么‘有钱人情在，无钱情缘散’，我还以为是开玩笑，没想到竟然是你的真心话。那之后，你再也没来找过我。缘分这种事情，谁又能说得清呢。那要是我来赚钱养你呢，也不

行吗？”

“不行！”

她不再吭声，跟着便躺下睡了。天刚放亮，从她口中第一次听到“死”这个词，她似乎对于身为世人的一切营生早已心力交瘁，而我也想到了自己对于世间的恐惧、烦恼、金钱、地下运动、女人以及学业，觉得实在无法继续忍受这一切，于是想也没想就十分干脆地答应了她的提议。

然而，那时我还没有真正做好“决心赴死”的心理准备，在心底某个角落还隐藏着一些“游戏”的心态。

那天上午，两人在浅草的六区徘徊游荡一阵之后，走进一间咖啡馆，喝了杯牛奶。

1　1　0

“你去结账吧！”

我站起身，从和服袖兜中取出带金属蛙嘴扣的小钱袋，打开一看，里面有三枚铜钱，顿时一股比羞耻更加强烈的悲哀向我袭来。立刻浮现在脑海中的，是自己租住在仙游馆那萧索冷清空荡荡的房间，只剩了学校制服和被褥，再没有一件稍微能拿去典当的东西。除此之外，也就只有此刻走在路上穿着的这件飞白花纹的和服和长外套了，这便是我的现状。刹那间我终于清楚地认识到，自己再也无法苟活于世了。

见我一副手足无措的样子，她也站起身，朝我的钱袋瞥了一眼，说道：

“哇！就这些了？”

1　1　1

虽是无心之语，却感觉有一种剜心刺骨般的痛楚。我第一次因相恋之人的一句话而感到心痛。无关钱多钱少的问题，三枚铜钱本来也不算什么钱。那是我从未体验过的、不可言状的奇耻大辱，是令我无法继续苟活下去的耻辱。归根结底，当时的我尚未完全摆脱富家少爷的属性。从那一刻起，我才真正意识到，自己已经做好准备，决心一死了之。

当天夜里，我们在镰仓跳海自尽。她说身上的腰带是向店里的朋友借来的，说完从身上解下腰带，仔细叠好放在岩石上，我也脱掉长外套，和腰带摆放在一处，然后双双跃入水中。

女人因此丧命，唯独自己被救了回来。

因我是高中生，又或因父亲的名号多少有些所谓的新闻价值，

1 1 2

这次事件被当作重大新闻，报纸上大肆报道了一番。

我被收容在海边的一家医院，老家的亲戚赶来，替我跑进跑出应付善后。他转告我说，在老家的父亲和一大家人对我的所作所为异常震怒，恐怕今后会就此与我断绝亲缘关系，之后便离我而去。但我并未放在心上，相比之下，我更加想念死去的恒子，终日呜呜咽咽地伤心不止。在我所有交往过的女性当中，真正喜欢过的也只有那个模样寒酸的恒子。

房东女儿给我寄来一封用五十首短歌[①]串联起来的长信。全部是以“给我好好活下去”这种古怪诗句为首的短歌，整整五十首！护士们带着明媚的笑容来病房找我玩，有的护士在临走之前还会紧紧握一握我的手以示鼓励。

---

① 日本五行诗的固定形式，第一、第三行为五个音节，其余三行为七个音节。

1　1　3

在那家医院，我的左肺被查出有些问题，这对我来说倒是好事。不久，我被警察以“协助他人自杀罪”的罪名从医院带走，不过在警署，他们把我当病人对待，将我收押进特别看护室。

深夜，看护室隔壁的值班室，通宵值班有些年纪的巡警悄悄打开通向两室的门，冲我打招呼。

“喂！”又说道，“很冷吧？过来这边，来烤火！”

我故意装作无精打采的样子，走进值班室，坐在椅子上，凑近火盆取暖。

“还在想那个死去的女人吧？”

“是的。”

我故意用气若游丝般的声音答道。

1 1 4

“这也是人之常情啊。”

他渐渐摆开架势，一副居高临下的姿态。

“第一次和她发生关系是在哪里？”

他像个法官一样，煞有介事地提问着。他小瞧我了，把我当成没有见识的毛头小子，自己俨然一副审讯主任的架势，企图从我这里套出些带有情色意味的香艳情史，以此打发秋日里寂寞无聊的漫漫长夜。我当即便察觉出他有所企图，强忍着没有笑出来。我很清楚，像他这样的“非正式审讯”，我可以概不作答。不过为了给这秋日的夜晚增加点乐趣，我表面上自始至终表现得“诚意”十足，并装作深信不疑地以为他就是审讯主任，对我的刑罚轻重裁决全在他的一念之间，于是轻描淡写地进行了适当的“陈述”，以此来略微满足他那带有淫

邪意味的好奇心。

“嗯，情况基本了解了。问你什么就老老实实回答什么，这样的话嘛，我们自会酌情处理。”

“谢谢。那就拜托您啦！”

我的表演堪称出神入化，并且是对我没有一丝一毫的好处、倾尽全力的演出。

天亮之后，我被署长叫走。这次是正式审讯。

打开门，走进署长室的瞬间，便听到署长的说话声。眼前是一位肤色略黑、看起来像是刚刚大学毕业的年轻署长。

“哟，蛮帅的小伙子嘛！哎，不是你的错。你母亲把你生得这么帅，是她的错。”

冷不丁听他这么一说，心中顿觉一阵酸楚，感觉自己着实太惨，仿佛自己是个半边脸上长满红斑、样貌丑陋的残疾人。

这位貌似柔道或是剑道选手的署长，审讯起来相当干脆，与老巡警趁夜偷偷刨根问底、试图打探情色艳史的“审讯”相比，有着天壤之别。审讯结束后，署长一面誊写呈送检察厅的文件，一面对我说道：

“你得保重身体才行哦。好像都已经咯血了，是吧？”

那天早上，我莫名其妙地咳嗽起来。每次一咳嗽，我就用手帕捂住嘴，结果手帕上满是星星点点的红色血渍。不过，那并不是从喉咙里咳出的血，而是昨晚我用手抓挠耳朵下面长的脓疱时流出的血。但我突然间意识到，似乎不说破此事对我更加有利。于是我眼帘低垂，煞有介事地应了声：“是。”

1　1　7

署长誊写完毕，又对我说道：

“是否会起诉你，那是由检察官大人决定的。不过，你最好给你的身份担保人拍个电报或打个电话，请他今天跑一趟横滨的检察厅。你应该有人吧？你的监护人或担保人之类。”

我想起以前经常出入父亲位于东京的别墅、有个名叫涩田的书画古董商，与我家同乡，喜欢跟在父亲身边溜须拍马，是个身材矮胖四十来岁的单身男子，他便是我上学时的担保人。那个男人的面相，特别是他看东西的眼神，几乎与比目鱼一模一样，因此父亲总是称呼他为“比目鱼”，我也一直习惯这样称呼他。

我向警署借了电话簿，从中查找比目鱼的电话号码，查到之后拨通电话，请求他去一趟横滨的检察厅。不料，比目鱼像变了

个人一样，说话语气狂妄傲慢，我好说歹说他才最终答应了我的请求。

“喂，最好马上给那台电话机消消毒。不管怎么说，他在咯血哩。”

我转身返回看护室，署长大声吩咐巡警们干活的声音，随之也传进了坐在看护室的我耳朵里。

晌午刚过，我身上被绑了细麻绳，虽然得到允许外面用长外套遮上了，但是细麻绳的另一端却被一位年轻巡警牢牢攥在手里，两人一同搭乘电车前往横滨。

但是，此刻我没有一丝不安，警署的看护室也好，还有那位老巡警也好都令人怀念。啊啊！自己究竟怎么了？被当成罪犯绑

起来以后，反而像是松了口气，内心终于平静下来。即便此刻提笔写下这些手记，回想起当时的情景，我依然感觉内心无比轻松愉快。

然而，在当时那些令我刻骨铭心的记忆中，唯有一件悲惨的糟心事，令我不寒而栗、永生难忘。我坐在检察厅一处光线昏暗的屋子里，接受来自检察官的简单讯问。那位检察官年龄约四十岁，沉默寡言（如果说自己长得还算容貌俊美，那必定是带了淫邪之气的俊美。而那位检察官的长相才真正称得上端庄俊秀，周身散发着智慧和温文尔雅的气质），看上去不像是吹毛求疵心胸狭窄之人，因此我也未加防范，懵懵懂懂地做着陈述。突然，又像之前一样剧烈地咳嗽起来，我从袖兜掏出手帕，无意中瞥见上面的血渍，心中登时生出卑贱的想法——咳嗽或许能派上用场，于是我又极为夸张地“咳、咳”附送了两声干咳，接着将手帕覆在嘴

上扫了一眼检察官，就在这时，只见检察官波澜不惊地笑着向我问道：

“真的在咳嗽吗？”

我登时吓得冷汗直流。不，哪怕现在回想起来，依旧会令我惊慌失措、方寸大乱。上中学时，曾被那个笨蛋竹一戳着我的脊背，当面揭穿我故意耍心眼卖弄，我仿佛被他一脚踹入万劫不复的地狱，与那时相比，此时的心情之糟糕可说是有过之而无不及。上一次和这一次，成为我过往人生中两次严重的演出事故。有时我甚至在想，与其遭受检察官不露声色的侮辱，还不如让他直接宣判我十年刑期更令我好受一些。

最终我被判免于起诉。然而，我却丝毫也高兴不起来，心情无比悲凉。我坐在检察厅休息室的长椅上，等待着担保人比目鱼

1　2　1

的到来。

透过背后高高的窗户，可以望见落满红霞的天空中，白色的海鸥排成“女”字形队伍，向着远方飞去。

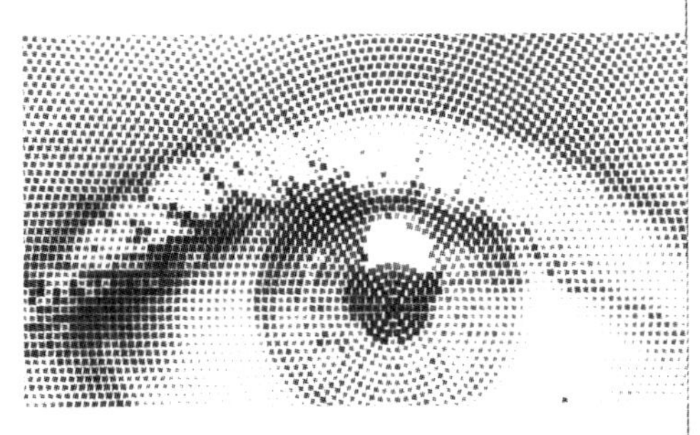

第三手记之一

……

04

1　2　5

竹一的预言，一个中了，一个落空。那个不大光彩、说我会被女人迷上的预言一语成谶，而另一个，说我一定会成为一位伟大的画家的祝福预言，却落空了。

我不过成了一名绘画技能拙劣又寂寂无闻的漫画家，仅仅为那些不入流的杂志画些低俗漫画糊口而已。

由于在镰仓的跳海殉情事件，我被高中开除，就此住进了比目鱼家二楼的一间三张榻榻米[①]大小的房间。老家每月的汇款少得可怜，而且还不是直接寄给我，先是暗中寄给比目鱼，再经由他辗转交到我手上（据说这还是家中哥哥们瞒着父亲偷偷寄的）。除此之外，我与老家的联系被彻底切断，而比目鱼也从不给我好脸色，即便我主动赔上笑脸谄媚示好，他也不为所动，总是板着

① 榻榻米的尺寸一般为宽 90 厘米，长 180 厘米，约 1.62 平方米。

一张脸。人哪，翻脸比翻书还快，竟然能够如此简单、如此轻而易举地前后发生翻天覆地的变化，人的翻脸原来竟是如此卑鄙下作，哦不，甚至可以说是滑稽可笑。

他总是反复对我强调：“不许出门哦！总而言之不要出门！”

比目鱼似乎揣测到我有可能自杀，换句话说，他好像看出我有追随那个女人再次跳海殉情的危险，因此严禁我外出。但整日躲在二楼那个如鸽子窝般只有三张榻榻米大小的屋子里，既不能喝酒也不能抽烟，只能百无聊赖地窝在被炉[①]里翻看早已过期的杂志，日子过得形同白痴，渐渐地竟连自杀的气力也被消耗殆尽。

比目鱼的房子位于大久保医专附近，门口挂着“书画古董

① 冬天用于取暖的装置。外观近似炕桌，用脚炉架炭火或电气取暖，上面盖上被褥。

商”“青龙园”等招牌，字面上看似颇有气势，但也只是这栋两户人家小楼的其中一户，因此店铺门面很窄，里面落满灰尘，摆放的都是些不值钱的破烂货（不过，比目鱼并不靠店里的这些破烂赚钱，而是活跃于不同的场合，将这家所谓的老爷手里秘藏的珍品转卖给另一家所谓的老爷，以此从中获利）。他极少在店里闲坐，每天一大早便愁容满面地匆匆出门，留在店里照看的是一个十七八岁的小伙计，而他也负责每天监视我。只要一有空闲，小伙计便和附近的孩子们一起到外面玩投接球游戏，然而他似乎把寄居在二楼的我这个食客当作傻瓜或疯子看待，甚至时常会像大人一样对我进行一番说教，而我生性不善与人争论，便装作一副疲惫不堪而又十分钦佩的样子，侧耳倾听他的说教，对他百依百顺从不还嘴。据说这个小伙计是涩田的私生子，却因某些奇怪的缘由，涩田并未与他以父子相称。而且涩田一直独身未娶，似乎也与此不无关系。以前似曾听家中有人提到过一些有关涩田的传闻，不过，我对他人的身世丝毫不感兴趣，更多详情也就无从知晓了。这个小伙计的眼神有些地方确实会让人不由自主地联想到鱼的眼睛，或者他本就是比目鱼的私生子……不过，若真如此，那他们二人也的确算是一对孤苦伶仃的父子了。他们甚至曾经背着住在二楼的我，悄悄买来荞麦面之类的外卖，待夜深人静时，再一声不响地偷偷吃掉。

比目鱼家每日的餐食，一直由小伙计负责。而住在二楼我这个累赘食客的饭菜，另外盛好放在托盘里，三餐均由小伙计亲自端着送上来，而比目鱼和小伙计则在楼下四张半榻榻米的阴湿潮腻的房间里，每次都会伴随着叮当作响的碗碟碰撞声匆匆结束用餐。

三月末的某个傍晚，比目鱼许是终于找到别的什么意外赚钱的门路，抑或另有阴谋（即便这两种推测全部猜中，或许仍会有一些我等凡人揣摩不透的琐碎缘由吧），他请我到楼下一起用餐。餐桌上难得一见地摆上了酒壶，生鱼片也不是日常所见的比目鱼，而是价格昂贵久未吃到的金枪鱼，涩田作为盛情款待我的一家之主反倒先自我感叹起来，对着金枪鱼很是称赞了一番，间或还不忘向我这位表情茫然、正在发呆的食客劝酒。

“接下来，你究竟有什么打算？”

我没有作答，从桌上的碟子里拈起一小片沙丁鱼干，望着那些小鱼的银色眼睛，渐渐感到醉意微醺，不由得怀念起从前四处玩乐的时光，就连讨人嫌的堀木也有些令人怀念。现在的我极度渴望自由，想到这里，一时没忍住，竟低声哽咽起来。

自从住进这个家，我连装疯卖傻的搞笑劲头也没有了，用掩耳盗铃的方式，将自己完全置身于比目鱼和小伙计的鄙视中，比目鱼似乎也在尽量回避与我进行推心置腹的长谈，我也从未想过追着比目鱼向他倾诉，彻底变成了一个愚蠢无脑、寄人篱下的食客。

“所谓免于起诉，像是不会留下任何犯罪前科的意思。所以啊，只要你有决心，就可以重新开始。如果你洗心革面，主动找我认真商量的话，我也会帮你一起想想办法的。”

比目鱼的说话方式，不，世上所有人的说话方式，全都如此隐晦曲折，如云山雾罩般含混不清，还带有一种企图逃避责任又极其微妙的复杂性。他们总是徒劳地严加防范，并且暗藏无数心机，我对此倍感困惑，不知该如何是好，最后索性放任不管，听之任之，用装疯卖傻来敷衍了事，或以无言的首肯来默许对方任意处置，

即采取所谓低头认输的消极态度。

日后我才知道，如果当时比目鱼可以像下面这样，将大致情况简单告知于我，那么一切也将迎刃而解，但就因为比目鱼那毫无必要的防人之心，不，应该说是就因为世人那所谓说不清道不明的虚荣心和爱面子的恶俗心理，最终在我心里留下阴影。

其实，比日鱼当时只要这样直截了当告诉我就好了。

“不管是‘官立[①]’还是私立，总之从四月份开始，你得找一所学校上学。你的生活费嘛，只要肯回学校读书，老家自然会给你寄来更多的钱。”

直到很久以后我才了解到，事实上，当时的情况也的确如此。

① 旧时“国立”的说法。

1 3 2

假如他当时和我直接挑明，我想我应该会乖乖按照他的吩咐去做的吧。可是，却因为比目鱼过于小心谨慎，说话拐弯抹角，反而让事情变得更加复杂，如此一来，我的人生道路也就此彻底改变了方向。

“如果你不是真心想和我认真商量的话，那我就真没有办法了。”

“商量什么？”我有些不知所云。

“当然是你心中的烦恼啊。”

“比方说？”

“怎么还要问我？当然是作为你自己来说，今后将如何打算？”

1　3　3

“我是不是应该去干活赚钱？”

“不，我在问你自己的想法，你究竟怎么打算的？”

“可是，就算我说想去学校上学，可……”

“那当然，肯定需要花钱。不过，不是钱的问题，关键在于你自己的想法。”

老家已经决定给你寄钱——这么简单的一句话，为什么就不能开门见山地直接说出来呢？明明有了这句话，我便可以定下心来，然而此时的自己，却如堕五里雾中，脑子里一片空白。

“怎么样？你对未来有什么设想？毕竟，照顾一个人有多难，根本不是受照顾之人所能体会到的。”

“非常抱歉。”

“你确实很让人担心。我呢，既然答应了照顾你，也不希望你抱着模棱两可的态度，一直这样逃避，我希望你能展现出堂堂正正重新做人的决心。如果说，你想就自己未来的人生方向，主动找我认真商量的话，我也想好了，愿意帮你一起出出主意。当然了，我这个穷光蛋‘比目鱼’也帮不上什么大忙，倘若你还指望过回以前的阔绰日子，那只会令你大失所望。不过，只要你能下定决心，确定未来的人生方向，来找我认真商量的话，我甚至已经拿定主意，尽管微不足道，我也一定尽力帮助你重获新生。你能明白我的良苦用心吗？你心里——究竟是怎么想的？”

“如果您不想让我继续住在二楼的话,我就去干活挣钱……”

“你是说真的吗？现在的世道，就连帝国大学毕业的大学生也……”

“不，我不是去当公司职员。”

“那你想做什么？”

“当画家。”我一咬牙，说出了自己的想法。

“什么？”

比目鱼缩着脖子不屑一顾地笑着，那种表情里隐约流露出的狡诈身影，令我永生难忘。似乎是一种轻视，但又不尽相同，若将这世间比作大海，在那千寻万丈深的海底某个角落，就飘摇拽动着这种诡秘的身影——可以一窥成年人的内心世界里深层奥秘的、意味深长的笑容。

“这样的话，那我们之间也没什么话可讲了，你现在根本没有静下心来，再好好想想吧，今天晚上认真考虑考虑。”在他说

完之后，我就像被轰走一样，急忙爬回二楼。躺下之后，脑中一片空白，理不出任何头绪。终于等到天亮之后，我从比目鱼家逃了出来。

“傍晚时一定回来。我将去左记友人处，一起商讨未来的方向，请勿担心。谨向您保证。”

我在信笺上大大地写下这段话，又留下了堀木正雄的名字和在浅草的住址，然后悄无声息地离开了比目鱼的家。

我并非因为比目鱼的这番说教感到懊恼和心有不甘才离开的。确实，正如比目鱼口中所说，我不是个脚踏实地的男人，对于未来的方向或者其他规划什么的，没有任何想法，这种情况下，继续赖在比目鱼家吃闲饭，有些对不住他。再说，万一我哪天突然下定决心，准备奋发图强重新做人的话，那这些重获新生的资金，还得由本就日子拮据的比目鱼每个月拿出一部分钱来资助，想到这些，我不禁感到无地自容，心中痛苦万分。

不过，我逃离比目鱼家，也并非真想去找堀木这种人商讨“未来的人生方向”。而是为了让比目鱼哪怕能有片刻的安心（我并非为了争取时间逃得更远，借鉴侦探小说中类似情节而留下的字条。当然那种想法多多少少也会有一些，但主要是担心因自己的离家出走，比目鱼突然遭受打击，从而不知所措乱了阵脚，或许这种解释更为准确。虽然明知早晚会被他发现，但却没有勇气如实相告，只能想办法加以掩饰，这正是我可悲可叹的性情之一，尽管它与受世人鄙视并被世人称为“撒谎”的性格有几分相似，但我几乎从未有过因对自己有利而做表面功夫的掩饰，我只是惧怕因气氛骤变而使我陷入近乎窒息的煎熬，因此明知事后会带来对自己不利的后果，但却一直以来坚持奉行“孤注一掷的取悦讨

好精神”，多数时候我也会不由自主地在言语上加以掩饰，纵使这种取悦讨好的精神因言行举止上的扭曲而使得其效果微乎其微，甚至会显得愚不可及。然而，这种习性却被世上所谓的“正人君子”大肆利用），因此，我便将当时无意中浮现出来的堀木的名字和住址随手写在了信笺的一边。

我离开比目鱼家，一路走到新宿，将揣在怀里的书卖掉，最后依然走投无路。我对每个人都很友善亲切，但却一次也没有真正体会过所谓的“友情”。像堀木这种吃喝玩乐的玩伴另当别论，与他人的所有交往，带给我的只有痛苦。为了消减这种痛苦，我竭尽全力装疯卖傻，扮演滑稽角色，殊不知，反而令自己更加疲惫不堪。在人来人往的大街上发现熟悉的面孔，哪怕只有过数面之缘，甚至是与之相似的面孔，也会令我心头一紧，头晕目眩般令人不适的战栗感瞬间席卷全身。虽然我知道自己招人喜欢，但

1 3 9

在爱他人这方面，我的能力似乎有所欠缺（不过话说回来，世人究竟是否真的具有“爱”他人的能力，我对此深感怀疑）。这样的我，是不可能结交到意气相投的所谓“挚友”，我甚至连主动拜访他人的能力都不具备。对我而言，他人的家门比《神曲》[①]中的“地狱之门”还要阴森恐怖，毫不夸张地说，我甚至能真切地感受到在门的深处，潜伏着像龙一样可怕、带有血腥味的怪兽正在伺机蠢蠢欲动。

我和任何人都没有交往。我无处可去。

堀木！

这可真是彻底的弄假成真。我决定按照字条上所写的地址，前往浅草拜访堀木。在此之前，我从未主动拜访过堀木的家，多

① 但丁的长篇叙事诗，由《地狱》《炼狱》《天堂》三部组成。

数是拍电报让堀木来见我。眼下竟要担心如何凑齐拍电报的费用，加之自己一身落魄下的乖张偏执，考虑到此时仅用一个电报，堀木恐怕不会来见我，因此决定进行一次自己最不擅长的“登门拜访”。叹了口气搭上市内电车，当我终于认识到，这世上仅剩的最后一根稻草或许就是那个堀木时，不禁感到后背发凉，一股寒意将全身紧紧包裹。

堀木正好在家。一条肮脏不堪的小巷尽头，有一栋两层小楼。堀木占用的是二楼一间只有六张榻榻米大小的房间。楼下，是堀木上了年纪的父母和一个年轻的工匠，三个人正在敲敲打打地给木屐缝补上木屐带。

那天，堀木向我展现了他作为城里人不曾流露过的陌生一面，即俗话所说的锱铢必较精于算计的性格。他的冷酷、狡诈以及自

私自利，让我这个来自乡下的土包子惊得目瞪口呆，哑口无言。他和我不一样，完全不是我这种无节制地挥霍、花钱如流水的男人。

“你可真是让我大跌眼镜啊！你家老爷子原谅你啦？还没有啊。”

自己是偷跑出来的——我万万说不出口。

我又像往常一样敷衍搪塞。虽然明知马上会被堀木识破真相，但还是尽量做了掩饰。

“事情总会解决的。”

“喂，这可不是开玩笑的啊！就当是我给你的忠告，犯傻的事情就到此为止吧。我今天还有要紧事情忙呢。唉，最近实在忙得晕头转向。”

“要紧事？什么事啊？”

“喂喂，你别把坐垫的穗子扯断了！”

我同他说着话，下意识地用指尖拨弄着垫在自己身下坐垫上的穗子，也不知是垫子收口的线头，还是坐垫四个角上绑扎穗子的线头，还不时地轻轻用力拉扯一下。只要是堀木家里的东西，哪怕是坐垫上的一个线头，他也无比爱惜，甚至可以横眉怒目地对我厉声呵斥，并且丝毫没有觉得难为情。这么一想的话，堀木和我以前的交往当中，从未有过任何付出和失去。

堀木的老母亲用托盘端来两碗年糕红豆汤[①]。

“哎呀，您这是……”堀木慌忙毕恭毕敬地转向母亲，从内

---

① 亦称年糕豆沙汤。将小豆馅用水稀释后加白糖煮开，放入年糕、糯米粉团等做成的甜品。

而外似乎都透露出一个大孝子模样，遣词用句十分客气，甚至听上去有些不自然。

“给您添麻烦啦，是年糕红豆汤吗？太奢侈了！您不必这么费心的，我得马上出门办事。不过，既然您亲自煮了拿手的年糕红豆汤，不吃就太浪费了，那我就不客气地享用啦。你小子也来一碗怎么样？这可是我母亲特意为我们做的。啊啊，太好吃了，真是奢侈啊。”

他津津有味地吃着，脸上流露出异常的兴奋，看上去倒不像在演戏。我也尝了一口，只闻到了白开水的味道，又咬了一口年糕，发现那根本不是年糕，我也说不上来是什么东西。我绝没有看不起他们的贫穷（其实，我当时并没有觉得不好吃，并且我也切身感受到了老母亲的一番心意。尽管我对贫穷心怀恐惧，但自认为

心中绝无半点蔑视）。那碗红豆汤，以及因吃到红豆汤而兴奋异常的堀木，充分向我展现了城里人的俭朴本性，以及明确区分内外界限的东京普通人家真实的生活状态。我突然醒悟，城里人的生活本就如此。唯独像白痴一样的自己竟然不知内外有别，并且几次三番试图从人类生活中逃离，最后却落个被无情抛弃的下场，甚至连堀木也对自己弃之不顾。想到这些越发感到狼狈，握着漆面斑驳的筷子，一股无比落寞的孤独感涌上心头——我只想将当时的感受如实记录下来。

“不好意思，我今天还有事呢。”堀木站起身，边穿着外套边对我说，“对不起啊，先走一步。”

就在这时，刚好有位女性访客来找堀木，我的人生境遇也随之骤然改变。

堀木突然间有了精神。

“哎呀，真对不起。刚才正准备去拜访您，不料这个家伙突然找来，哦不，不用理他。来，这边请。”

堀木显得有些慌乱，我让出自己坐着的坐垫翻了个面递过去，他一把夺到手里，又翻了个面放好，请那位女性访客坐下。屋内除了堀木垫着的坐垫之外，给客人备用的坐垫便只有那一个了。

那名女子身材高挑清瘦。她将坐垫挪开，在靠近门口的一个角落坐下。

我茫然无措地听着他们二人说话。那名女子似乎在杂志社上班，好像是请堀木画一些插图，还有别的什么一并交由堀木完成，今天是专程来取画稿的。

1 4 6

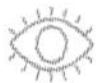

“因为急用，所以就……”

“画好啦。老早就画好了。都在这里，您请过目。”

这时，送来一封电报。

堀木看过之后，刚才还一副兴高采烈的样子，瞬间阴沉下来。

“喂！我说你小子，这是怎么回事？”

原来是比目鱼发来的电报。

“总之，你现在马上给我回去！要是我能送你回去，那自然是好的，可我现在没那个闲工夫啊。你小子离家出走，居然还能装模作样地在这里优哉游哉。”

“您府上在哪里？”一旁的女子问道。

“大久保。”我下意识地回答。

“那样的话，距离杂志社倒是很近呢。”

那名女子出生于甲州，今年二十八岁，租了高原寺的公寓，和一个五岁的女儿住在一起。听她说丈夫已经过世三年了。

“您看起来从小一定吃了很多苦吧，看得出人很机灵，也真不容易哪。”

就这样，我第一次过上了小白脸的生活。静子（那位女记者的名字）出门去位于新宿的杂志社上班后，我便老老实实地和她五岁的女儿茂子两人留在家里看家。在那之前，母亲静子不在家的时候，茂子总是去公寓管理员的房间玩，现在来了一位“机灵”的叔叔做她的玩伴，她看上去很是开心。

我在她家稀里糊涂地住了大约有一星期。公寓窗外不远处的电线上挂着一只风筝，形状似两臂左右伸展的武士家奴模样，被春天里裹挟着沙尘的风吹得破烂不堪，却依旧紧紧缠在上面不肯离去，被风吹得在风中摇来晃去，好像在那里朝我频频点头，每次看了都会面色通红，忍不住一阵苦笑，有时甚至夜里梦到那只风筝，被噩梦魇住。

“我需要钱……”

“……需要多少？”

“很多。……‘有钱人情在，无钱情缘散’，这话可一点儿都不假。”

“你真傻，那都已经是老掉牙的说法了……”

“是吗？但你是不会明白的。照这样下去，说不定我还会逃走的。”

“到底是谁没钱了？到底又是谁会逃走？你可真奇怪哪。”

“我要自己挣钱，然后用挣来的钱买酒，哦不，我想买烟。就说画画这件事吧，我觉得我比那个堀木可要好多了。”

这种时候，我脑海里自然而然浮现出来的，是曾在读中学时所作的几幅竹一口中所谓“妖怪”的自画像，那些已经遗失的杰作。虽然经过数次搬迁早已消失不见，但我依然认为，只有那些画作才真正称得上是优秀的作品。那之后，虽然进行多种尝试又画了不少，却与记忆中的逸品差之千里，以至于我总是被一种身心交瘁的失落感所折磨，内心陷入无尽的空洞落寞中。

1　5　0

犹如一杯喝剩下的苦艾酒①。

我暗自在心中如此形容那难以消除的失落感。一提到画，那杯喝剩下的苦艾酒便会在眼前若隐若现。啊——我真想给她看看我的那些逸品之作，并且要让她相信我有绘画天赋。我被这种焦躁情绪折磨得坐立不安。

“呵呵，你到底画得怎么样啊？看你一本正经地开玩笑，还真是可爱呢。”

这不是开玩笑，我说的都是真的。啊！真想给她看看那些画作，我心中暗自烦恼却也徒劳无果，转而放弃了最初的想法，又说道：

“漫画！至少画漫画的话，我肯定要比堀木厉害很多！”

---

①　一种茴香味，酒精浓度高的蒸馏酒。

原本是随口敷衍的一句玩笑话，不料她竟然信以为真了。

“没错！其实我也很佩服你呢。你平时给茂子画的那些漫画，连我看了都忍不住笑出来。要不你就试试看，怎么样？我可以帮你试着向我们杂志社的总编求个人情。”

他们那家杂志社出版发行了一本面向儿童的月刊杂志，没什么知名度。

……看到你，女人十有八九都会忍不住想为你做点什么……你总是一副战战兢兢的样子，却又那么诙谐有趣……虽然偶尔也会一个人闷闷不乐，但那副可怜模样会更加令女人心动。

静子还说了很多，尽管都是些恭维话，可一想到那些正是吃软饭的小白脸所特有的卑贱特质，心情变得越发沮丧。我在心中

暗自思量，金钱比女人重要得多，总之一定要从静子身边逃走，自食其力，靠自己一个人生活。为此我费了很多心思，结果反而越发依赖静子，甚至落得个不得不仰仗她的地步。我离家出走之后的一切大事小情的善后处理，几乎全部由这位巾帼不让须眉的甲州女子一人替我摆平，这样一来，我在静子面前不得不比以往更加“战战兢兢”。

在静子的妥善安排下，比目鱼、堀木和静子三人坐下来协商，最后一致决定：我与老家彻底绝缘，和静子开始“名正言顺”的同居生活。同时，在静子的四处奔走下，我的漫画出乎意料地竟被采用还变了现，我用这些钱买了烟和酒，但自己内心的不安和阴郁却日益加重。我彻底变得意志消沉，给静子的杂志社创作漫画——每月连载的《金太郎与小太郎历险记》时，一股思乡之情涌上心头，更生出无尽的凄凉与寂寞，不知不觉中停下手中的画笔，

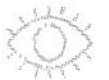

甚至有几次独自伏在案前默默垂泪。

那段时间，茂子成了我最后的救赎。尽管当时的我深陷窘境，她依然毫无顾虑地叫我“爸爸”。

“爸爸，听说只要虔诚祈祷，无论什么愿望，神都会满足的，这是真的吗？”

果真如此的话，那我真想向神祈祷。

神啊，请赐我冷静的意志。请赐我参悟“人类”的本性。人类相互排挤倾轧，难道不是罪过吗？神啊，请赐我愤怒的面具。

“唔，对呀。如果是茂子的话呢，神一定会满足你的任何愿望，但是对爸爸就不一定灵验啦。”

我甚至对神明也产生恐惧。不相信上天的眷顾，只相信上天

的惩罚。所谓的信仰，我认为那不过是为了接受神明的鞭笞和惩罚，俯首就缚匍匐于审判台前而已。我相信地狱的存在，却无论如何也无法相信天堂的存在。

“为什么不灵验呢？”

“因为爸爸违背了父母的意愿。”

“真的吗？可是大家都说爸爸是个大好人呢。”

那是因为我欺骗了他们。我也知道这栋公寓里的人们，个个都向我表达善意，但又有谁知道我心里有多惧怕他们，我对他们越惧怕就越受他们喜欢，越受他们喜欢就越惧怕，最后不得不选择远离他们。要想把我这种不幸的怪癖解释给静子听，并试图让她理解，确实比登天还难。

1　5　5

“小茂，你到底想向神祈求些什么呢？”我不露声色地转移了话题。

“茂子我呀，我想要自己真正的爸爸。”

我大惊失色，顿时感到天旋地转。敌人！究竟我是茂子的敌人，还是茂子是我的敌人？总之，茂子脸上的表情，似乎透露出她内心的想法——这里也有个威胁我的可怕大人，一个外人，匪夷所思的外人，浑身都是秘密的外人。

我原本以为只有茂子是个例外，现在看来她也和其他人一样，也有自己的“不经意间突然拍死牛虻的尾巴”。自那以后，我在茂子面前也不得不变得小心谨慎起来。

“色魔！在家吗？”

1 5 6

堀木又开始跑来找我。上次从比目鱼家出走那天，这个男人曾那样冷酷无情，让我深切体会到从未有过的孤独无助，但我依然无法将其拒之门外，甚至还微笑着将他迎进门。

“听说你小子的漫画很受欢迎嘛。也只有你这种业余新手才有天不怕地不怕的胆量啊，我自愧不如。不过也不能大意哦。你的素描还是不成气候。”

他摆出一副大师的派头，对我的画评头论足。倘若我将自己画的“妖怪”画像拿给他看，不知他会是怎样的表情，我又像往常一样独自烦恼起来，然而嘴上却说：

“别再说我了，我快要难过得叫出来了。”

堀木越发得意扬扬地冲我说道：

“光有圆滑处世的本事，早晚会露出破绽的。”

圆滑处世的本事……听得我哑口无言，也只得苦笑应对。我竟然有圆滑处世的本事！像我这种畏惧人类、一心逃避现实、喜欢欺瞒诓骗他人的人，难道和俗语所说的“不惹鬼神不遭灾，少管闲事无祸事”，也就是和奉行精明狡猾处世哲学之流同为一类人吗？啊，人类终归还是不了解彼此，完全错看对方，却仍旧自以为彼此互为独一无二的挚友，一生未能察觉真相，倘若对方死了，还要声泪俱下地为他念诵悼词，难道不是这样吗？

堀木毕竟（他必定是在静子的强烈要求下，才勉强答应的）是我离家出走事件的善后见证者之一，因此他俨然一副助我重获新生的大恩人或月老的架势，不苟言笑，一本正经地对我进行着说教，有时深夜喝得烂醉如泥，醉醺醺地跑来要求借宿，有时会

来找我借五块钱（每次必定都是五块钱）。

“不过，你小子‘玩女人’也该到此为止了。再这样下去的话，恐怕世人再也不会放过你了。”

世人究竟所指何意？是指人的复数吗？这个所谓的“世人”，它的实体究竟又在世上何处？直到今天，我一直认为它是强大的、严厉的、可怕的存在，如今被堀木这么一说，忽然想到一句话，差点脱口而出：

“所谓的世人，不就是你自己吗？”但我不想惹恼堀木，话到嘴边又咽了回去。

（世人不会放过你。）

（不是世人，是你不会放过我吧？）

159

（如果你还要那样做的话，世人一定会狠狠给你教训的。）

（不是世人，而是你吧？）

（你很快会被世人所抛弃的。）

（不是世人，抛弃我的应该是你吧？）

看看你自己有多么可怕、离奇、毒辣、狡诈、阴森——如此种种的话语在我心中不断浮现反复纠缠，但我却只用手帕擦了擦脸上的汗水，笑着说道：

“见笑！见笑！”

不过，自那时起，我便有了这种带有哲学意味的想法——所谓的“世人”，不就是“个人”吗？

1 6 0

自从开始有了“世人就是个人”的想法以后，与以前相比，我变得多少可以按照自己的意志行事。借用静子的话来说，我开始变得稍微有些任性，不再像过去那样总是战战兢兢；如果借用堀木的话来说，那就是我变得异常小气吝啬；而借用茂子的话来说，则是我不似以前那般疼爱她了。

我变得沉默寡言，脸上没有一丝笑容，每天除了照看茂子以外，还要根据各杂志社的约稿（除了静子的杂志社，也零零星星地开始有了其他杂志社的约稿，但全部来自比静子的杂志社还要低俗的三流杂志社）画些漫画，有《金太郎与小太郎历险记》，还有明显模仿《逍遥老爸》的《逍遥和尚》，以及连我自己也搞不清楚名字起得莫名其妙的恶搞连载漫画《急性子阿平》等等。其实，我每天的心情万分压抑，如蜗牛行步般慢吞吞地画着漫画（我的运笔速度属于非常慢的类型），现在不过是为了赚些酒钱而不得

已画的。待静子从杂志社一回到家，我便立刻与她交班，冲出家门，直奔高圆寺车站附近的路边摊或吧台式的小酒馆，喝一些廉价的烈性酒，喝到心情稍微好转，再返回公寓。

“你的脸真是越看越奇怪哪。说实话，逍遥和尚的长相，其实就是从你的睡相中找到的灵感。”

“你睡觉的样子也有点老相呢，像个四十岁的男人。”

“还不是因为你，我都被你榨干了。‘卿若流水吾为萍，何须愁念川边柳。’”

“快别闹了，早点休息吧。要不给你弄点饭？”她平静地问道，完全没有理会我的意思。

“有酒的话，倒是想喝两口。‘卿若流水吾为萍……我为流水，

不对，卿若流水卿为萍……’”

我一面哼唱着，一面任由静子帮我把衣服脱下来，一头埋进静子的怀里，额头贴在她胸前自顾自地睡着了，这便是我的日常生活。

‘同样的事日复一日重复不息，

只需遵循昨日不变的惯例。

若能避开粗野狂放的欢喜，

自然不会有巨大的悲伤来袭。

阻碍前路的绊脚石，

蟾蜍会绕路而行。’

1 6 3

当我读到上田敏翻译的查尔·柯娄[①]的这些诗句，顿时感到羞愧难当，满脸通红。

蟾蜍。

（那便是我。世人对我无所谓放过与不放过，也无所谓抛弃与不抛弃。我不过是比小狗小猫还要低贱的动物，是一只蟾蜍，只会趴在地上慢吞吞地爬行而已。）

我的酒量越来越大。不光在高圆寺车站附近喝，还跑到新宿、银座一带去喝，有时甚至夜不归宿。为了不再像过去一样遵循“惯例”，我在吧台故意做出流氓无赖的举止，亲吻一个又一个的女人。也就是说，我又回到了投海殉情以前的酒鬼状态，不对，应该是比那时候更加为所欲为，更加粗鄙和酗酒无度。手头拮据的时候，

① 1842~1888 年，法国诗人。

甚至把静子的衣物拿去当掉，换了钱买酒喝。

自从住进静子的公寓，望着窗外那破烂不堪的风筝独自苦笑的日子，已经过去了一年多。当樱花树冒出新绿的时候，我又悄悄拿了静子的和服腰带和内衬襦袢[①]之类的去了当铺，换了钱去银座喝酒，接连两晚夜宿在外。到了第三天晚上，心里终觉过意不去，下意识地悄悄回了公寓，蹑手蹑脚地刚来到静子的房门前，却听到里面传出的静子和茂子的说话声。

“为什么要喝酒呢？”

“爸爸他呢，不是因为喜欢喝酒才要喝酒的，是因为他人太好了，所以，所以……”

① 穿在和服里面的衬服。

1 6 5

“好人都要喝酒吗？”

“那倒也不是，不过……”

“爸爸一定会吓一大跳吧。”

“说不定会讨厌呢。快看！快看！从盒子里跳出来了。”

“好像急性子阿平啊。”

“可不是嘛。”

我听到了静子的轻笑声，是发自肺腑的幸福的笑声。

我将门打开一条细缝，透过门缝向里面窥探，原来是一只小白兔。小兔子正一蹦一跳地满屋子乱跑，静子母女两人在后面追着玩闹。

（母女两人真幸福啊。而我这样一个混蛋却闯入她们中间，

把她们的生活搅得一团糟。她们原本拥有简单纯粹又质朴的幸福，是一对善良的母女。啊！假如神明也愿意倾听像我这般俗人的祈祷，那么我祈祷，哪怕一生只有一次也好，请求赐予我幸福吧。）

此时我很想屈膝蹲下，向神明合掌祈求幸福。我轻轻地将门合上，转身又去了银座，从此再也没有踏入公寓半步。

就这样，我住进了京桥附近的一家小酒馆的二楼，又一次当上了吃软饭的小白脸。

世人——我似乎终于开始懵懵懂懂地明白究竟何谓世人了。它是个体与个体之间的争斗，并且当场发生争斗，当场胜出便可。一个人绝不可能服从于另一个人，即使身为奴隶，也必定会当即奉上奴隶式的报复手段。因此，人唯有凭借当场的争斗一决胜负，绝无其他苟延残喘的机会。尽管堂而皇之地标榜为大义名分，但

是每个人的努力目标必定为个人，超越一个还有下一个，世间的无解便是个体的无解，汪洋大海所指并非世间，依然是指个人——想到这些，我多少从畏惧人世间、从这个海市蜃楼中得以解脱，变得不再像以前那样事事小心谨慎，也学会了厚颜无耻地行事，以适应眼前的利益得失。

逃离高圆寺的公寓后，我来到京桥附近的那家小酒馆。

“刚才和她分手了。”

我和老板娘只说了一句话，但这一句足矣。换句话说，就是一招制胜。从那晚起，我便无所顾忌地住进了小酒馆的二楼。然而，本该十分畏惧的“世人”，却并未加害于自己，而我也未对“世人”做出任何解释。只要老板娘能容得下我，其他一切都不是问题。

我看起来像是光顾这家店的客人，又像是老板，或是一个跑腿儿的，还有点像店家的亲戚。在旁人眼里，我本应是个极其可疑、来历不明的家伙，然而“世人”对此却丝毫没有起疑，还有店里的那些常客也总是“阿叶”“阿叶”地唤我，待我十分和善，还时常请我喝酒。

我逐渐放下对世间的防备，也开始觉得所谓的世间，并没有那么可怕。换句话说，一直以来支配我的恐惧感，似乎都是由于过度“迷信科学”而产生的。例如，我担心春天的风里含有数十万百日咳的病菌；担心澡堂里有数十万可导致失明的病菌；担心理发店里有数十万可传染脱发病的病菌；担心铁道运输省的省线电车吊环上爬满了疥癣虫；担心生鱼片、没烤熟的猪肉牛肉里，藏着绦虫的幼虫、肺吸虫肝吸虫之类的虫卵；还担心光脚走路不小心踩到玻璃碎片，然后从脚底进入身体，并在体内游窜至眼球

最终导致失明。的确，几十万个细菌或飘浮，或游走，或蠕动，存在于日常生活中，以“科学”的角度来看确有其事。但同时我已经明白，只要当它们完全不存在，那它们不过就是与自己毫无关联、瞬间可以消失得无影无踪的“科学幽灵”罢了。便当盒里吃剩三粒米饭，倘若千万人每天都吃剩下三粒米饭，那将会浪费好几袋大米；又或者千万人每天都节省一张擤鼻涕的手纸，那又将省出来多少纸浆啊。我曾经深受此类“科学统计”的威胁，令我惊恐不安，每当吃剩下一粒米饭、每次用手纸擦拭鼻涕时，总会产生自己浪费了堆积如山的大米和手纸的错觉，并且因此而心烦意乱、情绪失落，心情沉重得仿佛自己触犯了不可饶恕的罪过。然而，这正是“科学的谎言”“统计的谎言”“数学的谎言”。千万人吃剩的三粒米饭根本不可能被汇聚在一起，即使将其作为加减乘除的应用题，也只能算作最粗浅低级的题目。就如同推算

人们在黑灯瞎火的茅厕，平均多少次中会有一次失足掉进粪坑的概率，或是搭乘省线电车的乘客中，有多少人会一脚踩空掉进电车门与月台之间的缝隙中，计算这类事件的概率也是愚不可及，尽管这类事件的确有可能发生，但因踩空失足跌落粪坑且因此受伤的事例，却闻所未闻。然而，自己却被灌输了很多作为“科学实践”的假设事例，我对此深信不疑，并因而产生畏惧，整日惶惶不安。我不禁有些同情过去的自己，甚至觉得有些可笑。就这样，我终于开始慢慢了解到人世间的真面目。

话虽如此，我对人类这种生物依然十分畏惧。与店里的客人见面时，须得咕咚咕咚一口气灌下一杯酒来壮胆。因为看到可怕的东西了嘛。尽管如此，我仍然每晚都出现在店里，就像害怕小动物的孩子一样，越害怕反而越想将其紧紧地抓在手里，甚至借着醉意，向店里的客人们大肆吹嘘自己那颇为拙劣的艺

术见解。

漫画家。唉，可惜我只是个既无大喜也无大悲的无名漫画家。即使他日有更大的悲哀来袭也全然无妨，即使内心焦虑，依然渴望拥有粗野狂放的巨大喜悦。不过说到眼下的快乐，就唯有与客人东拉西扯地说些废话，蹭喝客人的酒而已。

来到京桥以后，这种无聊的日子已经持续了将近一年。我画的漫画，不光刊登在儿童读物上，也开始出现在了车站小卖店售卖的、粗制滥造的下流杂志上。我以“上司几太”（与“情死未遂”的发音相同）这种带有十足戏谑意味的名字作为笔名，画了一些粗俗下流的裸体画，并且大多还插入了《鲁拜集》[①]中

① 波斯诗人欧玛尔·海亚姆的四行诗诗集，完成于12世纪。1895年由英国诗人菲茨杰拉尔德完成英译，共一百零一首。因其宿命论及自由、豪放的论调引起极大反响。

1　7　2

的四行诗。

停止做无谓的祈祷吧，
抛开那催人泪下的一切事物，
来吧，干一杯！只回想曾经的美好，
将那些多余的烦恼忘掉。

用不安和恐怖来威胁他人的混蛋，
却畏怯自己犯下的荒唐罪过。
为防备死者的复仇，
终日算计，不得安宁。

昨夜酒酣耳熟，我心欢喜，
今朝酒醒，徒留一地凄凉。
怪哉，仅仅相隔一夜，

1 7 3

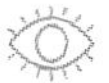

我的心竟如此翻天覆地。

别再想什么因果报应。
犹如远方传来咚咚作响的战鼓声，
那家伙突然变得焦躁不安。
若连微不足道的小事也要一一清算定罪，那岂有活路？

说什么正义是人生的指针，
那请问在血流成河的战场上，
刺杀者的刀尖上，
可曾宿有正义的光芒？

何处有指引方向的真理？
睿智之光又在何方？
美好与恐怖汇聚的浮华尘世，
茕弱之人被迫扛起不堪的重荷。

1　7　4

我们只因无可防备地被播撒了情欲的种子，
才会承受无数善恶罪罚的诅咒，
我们能做的唯有一筹莫展，惶惶不可终日，
因为神没有赐予我们反击的力量和意志。

曾在何处徘徊游荡，又为何彷徨？
对何事展开批判、检讨和反省？
哦？莫非是虚幻梦境，海市蜃楼般的幻影？
嘿嘿，一切都是子虚乌有的猜想，只因忘了饮酒。

请看，这广阔无边的苍穹！
你我不过是飘浮其中的一粒尘埃，
怎会知道这地球为何自转？
自转，公转，反转，一切与你我无关，随它去吧。

1　7　5

处处皆可感受到至高无上的力量。
所有国家，所有民族，
均能发现相同的人性，
莫非唯独我是个异类？

世人全都误读了圣训[①]，
否则为何会没有常识与智慧？
禁绝肉身之欢愉，戒断美酒之诱惑，
够了，穆斯塔法[②]，我受够了这种虚伪！

但那时，却有位少女劝我戒酒。

“这样可不行啊，你每天从中午开始就喝得醉醺醺的。”

---

① 伊斯兰教先知穆罕默德传教、立教的言行记录，地位仅次于《古兰经》。
② 阿拉伯语人名，此处借指圣人。

1　　7　　6

她是小酒馆对面一家不起眼的香烟铺老板的女儿，十七八岁，名叫良子，白皙的皮肤，长着一对小虎牙。我每次去买香烟，她总会笑着对我提出忠告。

“为什么不行呢？有什么不好呢？有道是‘有酒且饮尽，为人子者啊，就此消除心中的憎恨。’古代波斯国就是这么说的。还有这句，‘玉杯微醉解千愁’，可否明白？”

“不明白。”

“你这个笨蛋，当心我要亲你喽。”

“那你亲啊。”

她毫不犹豫地噘起下唇。

“你这个傻丫头，有点贞操观念好不好……”

然而，从良子脸上的表情来看，明显散发着一股尚未被他人染指的处女气息。

新年过后的某个寒夜，我又喝得醉醺醺地出门买烟，结果不小心跌进香烟铺前的下水道窨井里。良子，救救我——我大声喊着，良子将我拉上来，又替我处理了右臂的伤口。此时的良子脸上没有笑容，她心平气和地对我说道：“你喝得太多了。”

我对死并不在意，但若受伤流血，继而变成残废的话，那我是万万不情愿的。因此当良子给我处理手臂上的伤口时，我也在心中暗暗做出决定，喝酒也该适可而止了。

“不喝了！从明天开始，我要滴酒不沾。”

“真的？”

“一定要戒。如果我戒了，良子你可以嫁给我吗？”

不过，说要娶她这件事，只是句玩笑话。

“可啊。”

所谓“可啊”是“当然可以啊”的省略语。像什么“摩男”（摩登青年）、“摩女”（摩登女郎）等等，那时候流行很多省略语。

“那好。我们来拉钩吧，我一定能戒了。”

可到了第二天，我又从中午喝起了酒。

傍晚时分，我摇摇晃晃地出了酒馆，来到良子的香烟铺前。

“良子，对不住啊，我又喝酒了。”

“哎呀，你真讨厌。故意装成喝醉酒的样子。”

我登时心中一惊，似乎酒也醒了大半。

“不是，是真的。我真的喝酒了。我没有故意装醉。”

“不要逗我了嘛。你这人真坏。”

她丝毫没有对我起疑心。

“你一看不就明白了嘛。我今天，又是从中午开始喝的。请原谅啊。”

“你演得不错嘛。”

“才不是演戏呢！你这个傻丫头，我可要亲你喽。”

“那你亲啊。”

“不，我没有资格。娶你做老婆的那句话，也必须收回。你

看看我的脸，是不是通红通红的。我真喝酒啦。”

“那是因为夕阳照在脸上的缘故呀。你可不能骗人哦。我们昨天已经说好了的。你不可能喝酒的呀。我们可是拉过钩的呢。什么喝酒了，骗人，骗人，骗人。”

在光线昏暗的店内坐着的良子，白净的脸上挂着明媚的笑容，啊！尚不知污秽为何意的少女的童贞，是何等珍贵，我过去从未和比自己小的年轻处女上过床，我要和她结婚！即使日后因此遭受巨大的悲哀也无所谓，哪怕一生只有一次，我想放纵地享受如狂风暴雨般的、极致的欢愉。我原本以为，童贞的美好，只不过存在于愚蠢诗人天真又伤感的幻想之中，没想到这世上竟真的存在。我已经开始畅想结婚后的情景，待到春天来临，两个人可以骑着自行车一起去探寻新绿掩映中的瀑布。于是我当

即下定决心，抱着“一招制胜”的心态，毫不犹豫地决定摘走这朵鲜花。

不久之后，我们便结婚了。通过婚姻获得的快乐未必有多大，但随之降临的悲哀，却大得超乎想象，绝非“凄惨”二字可以形容。对我而言，“人世间”终究还是个深不可测的可怕的地方，也绝非仅凭“一招制胜”便能决定一切的寻常所在。

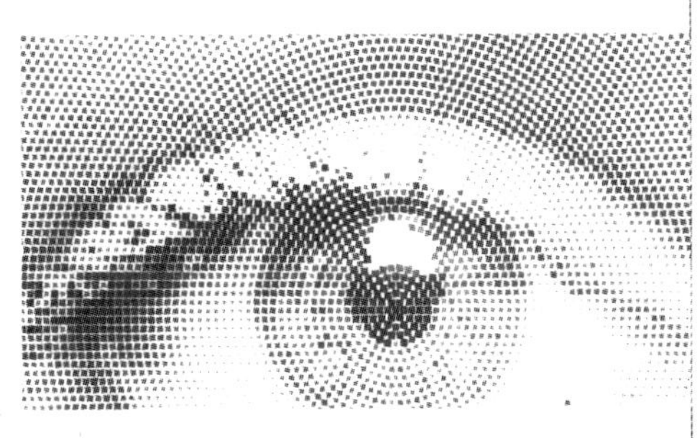

第三手记之二

05

堀木与我。

相互蔑视却又彼此来往，并且双双自甘堕落。倘若这就是世上所谓的“交友”方式，那我和堀木之间的关系，也确实可以称得上是真正的“朋友”。

仰仗京桥那家小酒馆老板娘的侠义心肠（女人的侠义心肠——这种说法听起来有些奇妙，但是根据我的经验，至少就城市男女而言，女人身上远比男人拥有更多可称之为侠义心肠的特质。因为大多数男人做起事来瞻前顾后，畏首畏尾，只一味地装点门面，而且十分吝啬），我和香烟铺的良子才得以结缘住在一起，从此开始了俩人没有名分的同居生活。我们在筑地和隅田川附近的一栋木造结构的两层公寓小楼，租了楼下的其中一间，两个人一起搬了进去。我戒了酒，将精力全部投入到自己所选择并逐渐成为

固定职业的漫画创作中。吃过晚饭，我和良子两个人有时会去看场电影，回家途中路过咖啡店顺便进去坐一坐，或买一钵花回家。但相比这些，更让我感到快乐的是发自内心信赖我的小小新娘，听她说话，看她一颦一笑，都会令我开心不已。此时我以为自己正在慢慢变得接近于正常人，不会以凄惨的方式离开人世，隐约感觉有一股甜甜的暖意在心里荡漾着。然而，就在这个当口，堀木又出现在我的面前。

“嗨！色魔。咦？看你现在这样子，好像稍微变得明事理了嘛。我今天来呢，是给高圆寺的那位女士当传话使者的。”

他说到一半，突然压低嗓音，朝正在厨房沏茶的良子的背影扬了扬下巴，小声问了一句：“不要紧吧？”

“没关系，有什么话尽管说。”我面色平静地回答。

实际上，我很想将良子称为信赖的天才，我和京桥那家小酒馆的老板娘之间的关系自不必说，即便将我在镰仓引发的事件全数告知，她也定不会怀疑我和恒子之间的关系。这并非因为我设计的谎言有多高明，有时我甚至不加掩饰地直接挑明实情，然而在良子听来，不过全都是些玩笑话而已。

“一点都没变啊，还是这副自以为是的样子。啊，其实也没什么大不了的事情。她只是让我转告你，偶尔也抽空到高圆寺坐一坐。”

正要忘记之时，却突然有一只怪鸟振翅飞来，用长长尖尖的喙将记忆的伤口刺破。瞬间，过去的种种宿耻和罪孽的记忆，清晰可见地浮现于眼前，强烈的恐惧感袭遍全身，吓得我几乎要尖叫出声，我有些坐立不安。

1　8　8

“去喝一杯吧！”我主动提议。

“好！”堀木痛快地做出回应。

我与堀木两人，表面上看似无甚差异。我有时甚至觉得根本就是毫无二致的两个人。当然了，这仅限于两人四处游荡喝着廉价酒的时候。总之，我们两个只要一凑到一起，就瞬间变成外形和毛色一模一样的两只狗，在积雪尚未融化的小巷里到处乱窜。

自那天起，我和堀木重拾旧谊，和好如初。我们还相约一起去了京桥的那家小酒馆，最后喝到烂醉如泥的两条狗竟然还造访了高圆寺静子的公寓，在那里借宿一晚后方才回家。

无法忘记，那个闷热的夏日夜晚。堀木穿着一件皱皱巴巴的浴衣，来到我位于筑地的公寓，他说自己迫不得已当掉了夏天的

衣服，担心被老母亲知道后有麻烦，因此想马上赎回衣物，让我先借些钱给他。偏不凑巧我也手头没钱，便依照惯例吩咐了良子，让她将自己的衣服拿去当铺换些钱回来。除借给堀木之外，还多少剩了一些，便叫良子买来烧酒，我和堀木爬到公寓的天台上，从隅田川水面上时不时吹来隐约带有臭水沟气味的凉风，我们在阵阵恶臭味中开始了一场略显肮脏的纳凉晚宴。

我们当时玩起了“喜剧名词”和“悲剧名词”的猜词游戏。这是我发明的一种游戏，凡名词皆有男性名词、女性名词、中性名词等之分，但我认为同样也应有喜剧名词和悲剧名词的区别。例如，轮船和火车均为悲剧名词，市营电车和巴士则同属喜剧名词。为何如此呢？不理解这些的人，便没有资格谈论艺术，一个剧作家倘若在喜剧中夹杂了哪怕一个悲剧名词，那么这个剧作家仅凭此一点便可称为失败，反之悲剧亦然。

“听好喽！香烟——是什么词？”我开始问道。

“悲剧（名词）。”话音刚落，堀木立刻脱口而出。

“药呢？”

“药面儿还是药丸？”

“针剂。”

“悲剧。”

“是吗？可是也有荷尔蒙注射剂哦。”

“不，绝对是悲剧！那我问你，首先注射用的针头，不就非常明显是悲剧吗？”

“好吧，暂且算我输了。不过我告诉你啊，药和医生比较意外，

它们可都是喜剧（名词）呢。那死是什么？”

“喜剧。牧师与和尚亦然也。”

“厉害！这么说，生应该是悲剧啰？”

“错。也是喜剧。”

“咦？那这样一来，不管什么都成喜剧了。我再来问你一个，漫画家是什么？你总不能说这个也是喜剧吧？”

“悲剧，悲剧。是个大悲剧名词！”

“什么嘛，你才是那个大悲剧呢。”

一旦演变成如此低俗乏味的玩笑话，就会显得相当无聊。虽说无聊，但我们却自认为这是世界上任何上流阶层的沙龙聚会也

不曾玩过的聪明游戏，为此还颇有些扬扬得意。

当时我还发明了另一个与此类似的游戏，那便是猜反义词。黑的反面（反义词的省略语）是白，白的反面是红，红的反面是黑。

“花的反面呢？”我问道。堀木撇着嘴想了想之后说：

“嗯……有家饭馆的名字叫‘花月’，那应该就是月。”

“不对，那不是反义词，倒不如说是它的同义词哩。星星和堇菜不就是同义词吗？不是反义词。”

“知道啦。那就是蜜蜂。”

“蜜蜂？！”

“牡丹花上……有蚂蚁？”

“你说什么哪，那是绘画题材。你可不许瞎糊弄。”

“我知道啦！‘彩云追花’……”

“应该是‘彩云追月’吧。”

“对哦，对哦。花迎风，是风！花的反面是风。”

“你不行了吧。那不是浪花调[1]里的戏词吗？这下你可要原形毕露了吧，哈哈哈。”

“哦不对，应该是琵琶。”

“还是不对。花的反面呢……你应该用这世上最不像花的东西来举例。”

---

① 三弦伴奏的民间说唱形式。产生于江户时代末期，明治以后开始流行。

“所以，那个……等一下，原来是女人啊！”

“顺便问一下，女人的同义词是什么？”

“内脏。”

“你这家伙，对诗歌还真是一问三不知啊。那么，内脏的反义词是？”

“牛奶。”

“这个答得不错。就照刚才的架势再来一个。耻辱的反义词是？”

“厚颜无耻。就是流行漫画家上司几太。”

“那堀木正雄呢？”

说到这里，我们两个再也笑不出来，心情开始变得压抑，脑袋里仿佛塞满玻璃碎片，头痛欲裂，这是烧酒喝多了之后才会有的感觉。

“你别太猖狂。我可和你不一样，我从没受过绳索加身的耻辱。”

我霎时一惊。原来在堀木的心里，并没有将我当作一个真正的人来看待，他只把我视作一个要死没死了的、恬不知耻的、愚蠢的怪物，即所谓的“行尸走肉”而已。为了他一己的快乐，极尽所能地利用我，他和我是仅限于此的“朋友”。想到此，心中陡然生出怨气，但转念一想，堀木对我如此看待也无可厚非，我似乎从小就是个不配做人的孩子，或许被堀木这种人看不起也在情理之中。

“罪。罪的反面是什么？这个可有些难度哦。”我装作若无

其事地问道。

“是法律。”

堀木的回答听上去似乎颇为冷静，于是我重新将目光聚焦到堀木的脸上。附近楼上的霓虹灯忽明忽暗地不停闪烁，红色的灯光映射到堀木的脸上，我仿佛看到犹如鬼府罗刹般威严不动的表情，一时惊得哑口无言。

“罪的反面，哎，你说得不对吧。”

他竟然说“罪”的反义词是“法律”！但或许世上所有人全都像他一样想得如此简单，然后装作若无其事地安心度日。他们可能以为罪恶只会在没有警察的地方蠢蠢欲动。

“那你说是什么，是神吗？难怪你身上总有一股基督徒的味

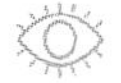

道，真让人倒胃口。”

“别那么轻易下结论嘛。我们两个人再好好想一想。不过话说回来，这真是道有趣的题目，对吧。我觉得只要看看一个人如何回答这道题目，就可以了解这个人的全部。”

“怎么可能呢……罪的反面是善，善良的市民，也就是像我这样的人。”

“别开玩笑了。不过，善是恶的反面，而不是罪的反面。”

“恶与罪难道不一样吗？”

“我认为不一样。善恶的概念是人创造出来的，是人擅自创造的道德语言。”

“真麻烦啊。那样的话，应该还是神吧。神，神，不管

三七二十一，只要归结到神准没错。啊，我肚子饿啦。”

“良子正在楼下煮蚕豆呢。”

“太感谢了。正好是我爱吃的。”

堀木双手交叉枕在脑后，“咣当”一声四仰八叉地躺在了地上。

“你好像对‘罪’这件事情毫无兴趣啊。”

“那是自然。因为我不像你，又不是罪犯。我虽然放荡，但是绝不会害死女人，也不会卷走女人的钱。”

我没有害死女人！也没有卷走女人的钱！——我内心深处的某个角落响起极其微弱，却又拼尽全力的抗议声，但随即又改变了想法，这都是我不好，全都是我自己的过错。这已经成了我性格上的顽疾。

1　9　9

我始终无法做到与他人开门见山地正面理论。因喝多了烧酒，带着醉意的阴郁情绪越发沉重，我一直拼命克制，以免心情糟糕到一发而不可收拾的危险地步。我几乎是自言自语般地嘟囔道：

“不过，仅凭被关牢房并不能视作犯罪。我觉得只要弄清楚罪的反义词，就可以抓住罪的本质。……神……救赎……爱……光明……但是，神有撒旦这个反面，救赎的反面应该是苦恼，爱的反面是恨，光明的反面是黑暗，善的反面是恶，罪和祈祷，罪和忏悔，罪和告白，罪和……啊啊，这些都是同义词，罪的反义词到底是什么啊？”

“罪的反义词是蜂蜜[①]。像蜂蜜一样甘甜。哎呀，我实在太

---

① 日语中，“罪”的发音为TSUMI，反过来就是“蜂蜜”的发音MITSU。

饿了。你快去拿点什么吃的来！”

“你自己去拿不就得了嘛！”

我怒不可遏地冲他吼了一句，几乎是我有生以来第一次用这种语气说话。

“好吧，那我去楼下，和良子两个人一起犯罪好了。与其在这里高谈阔论，还不如去实地考察一下。罪的反义词是蜜豆，哦不对，是蚕豆吧？”

他已经醉得有些口齿不清了。

“随你的便吧！快点给我消失！”

“罪和饥饿，饥饿和蚕豆，不对，还是同义词啊。”

2 0 1

他一面胡言乱语，一面从地上爬起来。

罪与罚，陀思妥耶夫斯基——这个念头在脑海边际一掠而过，我长舒一口气，似若有所悟。假设那位陀思妥氏不曾想过罪与罚为同义词，而是作为反义词有意并列在一起的呢？罪与罚，二者绝无相通之处，犹如冰炭不同器、水火不相容的两种事物。将罪与罚视为反义词的陀思妥耶夫斯基笔下，那些绿藻、腐臭的水池、杂乱如麻的池底深处……啊！我似乎有些明白了，不，还未……正当这些念头像走马灯一样在我脑海里飞快旋转之时，耳边传来堀木喊叫的声音：

“喂！蚕豆，见鬼了。快来！”

堀木说话的语气和神情变得十分诡异。他刚从地上爬起来，摇摇晃晃地下了楼，不料没一会儿工夫竟又折返回来。

“怎么啦？”

周遭的气氛陡然变得异常紧张，我和堀木两个人从天台下到二楼，再从二楼继续往我一楼的房间走。走到半路，堀木突然停下脚步，他用手指着一边小声对我说：

“你看！”

我房间上方的小天窗开着，透过天窗可以清楚地看到里面的情形。屋内亮着电灯，在灯光的映照下，有两只动物正纠缠在一起。

我登时感到一阵天旋地转，呼吸急促，心中不停地念叨着，“这不过是人类的本性，这不过是人类的本性，没什么好害怕的……”久久地伫立在楼梯台阶上一动不动，甚至忘了先去解救良子。

堀木大声干咳几下。我一个人逃也似的又跑回天台，躺在地上，仰望着满含水汽的夏日夜空。此时，向我迎面袭来的既非愤怒，也非厌恶，更谈不上悲伤，我仿佛被一股无形又强悍的恐惧感牢牢控制，动弹不得。不是那种担心在墓地撞见幽灵鬼怪的恐惧，倒像是在神社的杉木林中遇到身穿白衣的神明时，心中油然升起的既原始粗暴，又不容置疑的恐惧感。年少生华发，便是从那晚开始的。再到后来，我渐渐对所有事物失去信心，无休无止地对人生疑，最终彻底远离了对世间生活的所有期待、喜悦与共情。事实上，这也成为决定我整个人生走向的重要事件，我如同被人迎面一击，直中眉心。自那以后，每当与人接近，伤口便会隐隐作痛。

“虽然我很同情你，但通过这件事，你多少也该长点教训了吧。我再也不会来这儿了，简直就是地狱。……不过，对良子嘛，

你就原谅她吧，反正你自己也不是正经家伙。告辞了。”

堀木可没有那么傻，他绝不会在这种令人尴尬的地方久留。

我站起身来，独自一人喝着烧酒，接着开始“啊——啊——”地放声大哭，哭得停不下来，也不知过了多久。

不知何时，良子手里端着满满一碟蚕豆，一脸茫然地站在我身后。

“他说什么也不做……”

“算了，什么也别说了。你啊，就是不懂得怀疑别人。坐下来，我们一起吃蚕豆吧。”

我们并排坐在一起吃着蚕豆。啊，难道信赖他人也是一种罪过？玷污良子的男人，三十来岁，个子矮小，是个没什么文化的

商人。每次来找我画漫画，总是摆出一副臭架子，走之前装模作样地甩下几个小钱，然后自顾自地离去。

那个商人终究没敢再来。但不知为何，比起对那个商人的憎恶，我对堀木的憎恨和愤怒尤甚。在他第一时间发现时，本可以大声咳嗽或做些别的来加以阻止，然而他却什么都没做，只是独自返回天台通知了我。对堀木的这些憎恨和愤怒，在每个不眠之夜汹涌泛滥，令我痛苦呻吟饱受煎熬。

对良子，不存在原谅与不原谅的问题。良子是个信赖的天才，她不懂得怀疑他人，但这也是导致悲剧发生的原因。

我不禁叩问神明：难道对他人的信赖也是一种罪过？

在我看来，比起良子的身体被人玷污，良子对他人的信赖

遭到玷污这件事更加令我难过，也因此成为日后漫长岁月里，我无法苟活于世的苦恼根源。像我这样一个人，遭人厌弃、整日担惊受怕、只顾看人脸色行事，对他人的信赖感早已裂纹丛生，而良子那纯洁无垢的信赖之心，才更像新绿掩映中的瀑布一般清新脱俗，令人赏心悦目。然而，却在一夜之间化为黄浊的污水。看吧，自从那晚之后，良子甚至对我的一举一动也十分在意起来。

“喂！”

每当我喊她时，她总是不由自主地浑身一哆嗦，似乎紧张得连视线都不知该落向哪里。无论我怎么努力逗她，故意说笑，讲滑稽段子，她都始终一副提心吊胆、战战兢兢的样子，甚至和我说话时开始拼命用起了敬语。

2 0 7

纯洁无垢的信赖之心，果真就是罪恶之源吗？

我搜罗了许多描写妻子被人侵犯的故事书，读过之后，我认为没有任何一个女子遭受的侵犯能有良子那般悲惨，以至于根本无法成书，这样的遭遇实在令人痛心。倘若在那个小个子商人与良子之间，哪怕有一丝一毫类似恋爱般的感情，我的内心反而会好受些也未可知。但在那个夏夜，良子轻信了那个家伙，此后他们之间便再无下文。而我却因此被人迎面一击，正中眉心，声音也变得沙哑起来，开始有了少白头，而良子也不得不一辈子活在提心吊胆、战战兢兢的恐惧中。在大部分类似的故事中，似乎都把重点放在了丈夫是否会原谅妻子的这种“行为”上，而这一点对我而言，并不是令人痛苦又难以抉择的什么大问题。原谅与不原谅，保留此项权利的丈夫或许才是幸运的吧。倘若认为实在无法原谅的话，那也不必大吵大闹，即刻与妻子分道扬镳，另娶新

妻即可；如若做不到，那便只能忍辱含羞，装作“原谅”妻子；我甚至认为，无论何种抉择，全凭丈夫的心情便可平息所有纷扰。换句话说，虽然这种事情的确会给丈夫造成极大的打击，但这种打击，却不同于此起彼伏、无休无止地涌向岸边的海浪，拥有选择权利的丈夫可以凭着心中的愤怒随时做出任何决定，从而解决所有问题。然而，以我和良子的实际情况来说，身为丈夫却没有任何权利，一想到这些，越发认为是自己的过错，不要说生气了，就连一句责难的话也说不出口；而妻子却因天生拥有难能可贵的美好特质遭人侵犯，而这种美好特质也正是丈夫一直以来所憧憬和追求的、惹人怜爱又不忍触碰的纯洁无垢的信赖之心。

纯洁无垢的信赖之心竟成了罪过？

我甚至对自己唯一信赖的这种美好特质也产生怀疑，世间的一切都变得难以理解，酒精成了我唯一的寄托。我脸上的表情也变得极度卑微，一大早便开始喝起了烧酒，牙齿脱落得七零八落，漫画内容也几近低俗淫秽的春宫图。不，老实说，自那件事之后，我便开始私下临摹春宫图，然后偷偷拿去卖掉，因为我急需赚到钱买烧酒。每当我看到在我面前小心翼翼、眼神躲闪又不敢直视我的良子时，心里便会忍不住胡乱猜疑：这个傻瓜完全不懂得防备他人，莫不是和那商人的苟且之事不止一次？那和堀木呢？哦不，或许和自己完全不知道的陌生人也牵扯不清？想到这些，不禁疑心更重，越发疑窦丛生，但我始终无法鼓起勇气当面问个清楚。一直以来的不安和恐惧排山倒海般汹涌袭来，牢牢将我控制，此时的我唯有日日与烧酒做伴，直到喝得酩酊大醉，方才敢小心翼翼地用卑屈的、诱导式的询问方式尝试着问询。尽管内心随着

问话傻傻地忽喜忽忧，但表面上却不停地拼命说笑，努力扮演着滑稽的角色，对良子施以地狱般面目可憎的爱抚之后，转头便像一摊烂泥一样，酣然睡去。

那一年的岁末，我喝得烂醉如泥，深夜时分回到家中。因想喝杯糖水，而此时良子好像已经睡了，便自己去了厨房。我找出糖罐，打开盖子看到里面已经没有白糖，只有一个细长的黑色小纸盒。我下意识地拿在手里，朝纸盒上贴的标签仔细一看，不禁愕然。尽管标签被人用指甲抠掉了一大半，但却留有洋文的部分，上面清晰可见地印着：DIAL。

巴比妥！那段时间我拼命用烧酒麻醉自己，因此一直没有服用安眠药。但失眠是我的老毛病，因此对大多数安眠药十分熟悉。这一小盒的剂量，足以使人丧命。虽然药盒尚未开封，

2　1　1

但良子一定已经有了轻生的念头，所以才会瞒着我藏到这里，并且为了遮掩还故意撕掉标签。也真是可怜！那孩子因为看不懂标签上的洋文，只用指尖抠掉一半，以为这样就不会被察觉到了（你并没有错）。

我尽量不发出声响，悄悄往杯子里倒满水，然后慢慢撕开药盒，将里面的药片一次性全部倒入口中，用杯子里的水缓缓送服，直到将药片全部吞下，随后关灯睡下。

据说，我睡了整整三天三夜，就像死过去一样。医生认为我这种情况属于误服过量所致，一直犹豫着是否报警。听说我刚一醒来，懵懵懂懂中说的第一句呓语，竟然是“我要回家”。其实，当时就连我自己也不十分清楚，所谓要回的“家”，究竟所指何处。还听说我念叨完之后，号啕大哭了一场。

2　1　2

眼前的雾气渐渐散去，仔细一看，比目鱼正坐在床头，看上去满脸的不悦。

“上次出事也是年底吧。这种时候，谁不是忙得晕头转向。可他偏偏瞅准年底的时机，搞出这种事情来，这不是要我的命吗？”

正在听比目鱼发牢骚的，是京桥小酒馆的老板娘。

“老板娘。”我向她打了声招呼。

“啊，怎么样，你醒了？”老板娘俯身向我靠近并回应道，一张笑脸几乎快要贴到我的脸上。

“请让我和良子分手吧。”我泪如泉涌，话一出口竟连自己都有些意外。

老板娘站起身，轻轻地叹了口气。

2　1　3

接下来，我再度失言，说出了任谁也想不到的惊人之语，简直不知该用愚蠢还是无知来形容：

“我要去一个没有女人的地方。”

“啊哈哈哈……”比目鱼最先放声大笑，接着老板娘也忍不住“扑哧”笑出声来，而我自己泪眼汪汪，满脸涨得通红，也不由得跟着苦笑起来。

“嗯，这个想法不错。”比目鱼笑着回应道，脸上是一副玩世不恭的表情，“你最好去没有女人的地方。身边一旦有了女人，你就管不住自己了。到没有女人的地方去，这真是个好主意。”

没有女人的地方。不料，自己这句愚蠢的呓语竟然一语成谶，到最后竟然以极其惨烈的方式应验了。

良子似乎一直认定我是替她服毒自杀，因而在我面前表现得更加小心翼翼，诚惶诚恐。无论我说什么，她都不苟言笑，轻易不和我说话。而我只要待在公寓的房间，就会感到压抑得喘不上气来，忍不住跑到外面，照例又去廉价酒馆拼命灌自己，以此借酒消愁。然而，自从那次巴比妥服药事件之后，我的身体消瘦许多，四肢疲乏无力，画漫画时也总是心不在焉，效率大不如前。索性一咬牙，拿着比目鱼来医院探望我时留给我的钱（比目鱼将钱交给我时说，“这是涩田我的一点心意”，俨然是从自己荷包里掏出的钱。其实，那些钱好像也是老家的哥哥们托人交给他的。此时的我，与逃离比目鱼家时已大不相同，隐隐约约看出比目鱼在装模作样地演戏，因此我也留了心眼假装没有察觉实情，顺从地接过钱，并向比目鱼道了谢。然而，对于比目鱼以及哥哥们，为何会费尽心机如此设计，我始终似懂非懂，不甚明了），独自

一个人跑去南伊豆温泉。然而，我的性格决定了自己无法悠然自得地享受长长的温泉之旅，一想到良子，我就感到无比凄凉，再也无法静下心来欣赏旅馆窗外远山的风景，甚至来不及换上棉袍，也没有去泡温泉，马上冲出门外，跑进一家看上去脏兮兮的茶馆，猛灌烧酒，直到将身体搞得越发糟糕，实在撑不下去之后才返回东京。

那是东京一个大雪纷飞的夜晚，我醉醺醺地走在银座的小巷子里，嘴里不停地小声哼唱着“这儿离家乡几百里，这儿离家乡几百里”，一面哼唱一面用鞋尖踢散路边的积雪，然后继续向前走。突然间，我猛地一声咳嗽，随即吐了一大口。那是我第一次咯血。只见白茫茫的雪地上，立刻现出一个大大的太阳旗。我蹲下身看了一会儿，从没有染血的地方掬起干净的雪，一面在脸上搓着，一面哭起来。

2　1　6

这是通往何方的小路？

这是通往何方的小路？

从远处隐隐约约传来一个哀怨凄婉的女童歌声，仿若幻听一般。不幸。这世上有形形色色的不幸之人——不，即便说世上皆是不幸之人也不为过。但是，那些不幸之人可以堂堂正正地向所谓的“世人”申诉他们所承受的不幸，而“世人”对此也很容易给予理解和同情。然而，我的不幸全部源于自身的罪恶，无法向任何人进行倾诉和表达不满，若我支支吾吾地哪怕说出一句带有抱怨的话，不光比目鱼，恐怕这世上所有人都会为之震惊，“你竟能说出这种话？！”。我甚至自己也不清楚，究竟我是常人眼中的“放肆任性”，还是与之相反，是个懦弱的胆小鬼呢？总之我似乎是个罪恶的集合体，只会让自己在不幸的泥潭中越

陷越深，却无从找到防范的具体对策。

我站起身，心里想着应该先去买些药暂且吃着，于是走进了附近的一家药店。就在我与老板娘对视的一瞬间，她似乎被镁光灯照射到一样，瞪大眼睛伸直脖子，呆呆地伫立在那里。不过，她睁大的双眼里未曾有半点惊愕与厌恶之色，而是闪现着寻求某种救赎的倾慕之情。啊，她一定也是位不幸的人，因为不幸的人能敏感地察觉到他人的不幸。正当我这样胡乱猜想的时候，忽然察觉到老板娘竟然是拄着拐杖，颤颤巍巍地站在那里。我抑制着想要跑过去扶一把的冲动，仍旧与老板娘四目相望。此时泪水不禁夺眶而出，紧接着，从老板娘大大的眼睛里，竟也扑簌簌地落下了眼泪。

随后，我一言不发地走出药店，一路踉跄地回到公寓，

让良子为我冲了一杯盐水，喝过之后默默躺下。第二天，我谎称自己有些感冒，在屋子里躺了一整天。到了晚上，对自己咯血的秘密实在有些担心，便起身去了那家药店。这次我脸上带着微笑，向老板娘如实坦白了一直以来的身体状况，向她咨询该如何是好。

“你必须戒酒。”此时已然像家人一样亲密，老板娘关切地对我说道。

“说不定我得了酒精依赖症，就连现在也想喝酒。”

“那可不行。我丈夫以前也是这样，明明得了肺结核，还说什么酒能杀死病菌，成天泡在酒里，结果自己折了自己的寿。”

“我现在担心得不行，心里怕得要命。”

“我这就给你拿药。不过，唯独这酒，你必须戒掉。”

老板娘（她是个寡妇，有一个儿子，好像考进了千叶还是别的什么地方的医科大学，结果没过多久患了和他父亲同样的病，现在休学住进医院，家中还躺着一位中风的公公，老板娘自己则是五岁的时候，因患了小儿麻痹导致一条腿完全不听使唤）拄着拐杖翻箱倒柜地给我配齐药，拐杖杵在地上，发出“咯噔咯噔”的声音。

“这是造血剂。”

“这是维生素注射液。注射器是这个。”

“这是钙片。这是淀粉酶，可以改善肠胃功能。”

这是什么，那是什么，她极其热情地向我介绍了五六种药物，

但对我而言，这位不幸的老板娘给予我的这种热情，却太过厚重。最后她叮嘱我说，实在忍不住想喝酒的时候，才可以用这种药，说完迅速用纸将药盒包起来交给我。

原来是吗啡[①]注射剂。

老板娘又说，这个药对人体的伤害比酒要小，我便听信了她的话，再加上当时我自己也觉得醉酒的状态的确有一种肮脏龌龊感，还能摆脱酒精撒旦的长期折磨，体会久违的愉悦，因此我毫不犹豫地将吗啡注射进自己的手臂。顿时，所有的不安、焦躁、羞怯统统消失得无影无踪，我甚至感觉自己变成了一个乐观开朗的雄辩家。每次注射之后，我连身体的衰弱也抛诸脑后，精神百

① 吗啡：吗啡及其衍生物是临床解除剧烈疼痛的主要药物，全世界使用量最大的强效镇痛剂。但最大的缺点是易成瘾，易在体内蓄积而产生中枢神经兴奋作用，长期使用者身心上都会对吗啡产生严重依赖性，造成严重的毒物癖。

倍地投入到漫画创作中，一边创作，脑子里一边涌现出许多令人忍俊不禁的新奇创意。

原本打算每日注射一支，结果逐渐增加到两支，最后增加到一天四支的时候，我已经到了没有吗啡无法工作的地步。

“这样可不行哦，一旦上了瘾，是会出大事的。”

经药店老板娘这么一说，我终于意识到自己已经变成了重度瘾君子（我生性容易接受来自他人的暗示。比如有人对我说，这笔钱虽然不能花，但是你的话，那就……我听了之后，马上会陷入一种奇怪的错觉——认为必须花掉那笔钱，否则会辜负他人的期待，因此一定会立刻将钱花光），因害怕上瘾所带来的不安，反而让我对药物的需求越发高涨。

2　2　2

“求你了！再给我来一盒。月底我一定付给你钱。”

“钱嘛，什么时候给都没关系，但若被警察知道，那可就麻烦啦。”

啊啊，原来如此！难怪身边总是笼罩着一种污浊晦暗的气息，是形迹可疑又见不得光的气息。

“警察那里，还请您想办法帮我应付过去。太太，我吻您一下吧。”

老板娘顿时羞得满脸通红。

我趁机央求道：“如果没了这个药，我的工作也就进展不下去了。这个药对我来说，就是提神醒脑的强心剂。”

“那样的话，你干脆注射荷尔蒙好了。”

2 2 3

“别取笑我了。要么喝酒，不喝酒的话就得用那个药，否则实在没办法好好工作。”

“酒是绝对不能喝！”

“你也觉得是吧？我呢，自从用了那个药之后，就一直滴酒未沾。多亏了它，我现在的身体状况也非常好。我可不想一直画这些乱七八糟的漫画。从现在开始，我要把酒戒掉，调理好身体，好好学习，一定要成为一名伟大的画家给您看。现在正是关键时期，所以呢，啊——求求您了。我吻您一下吧。”

老板娘“扑哧”一下笑出声来：“真让我为难啊。上瘾了，可不关我的事哦。”

拐杖杵在地面发出“咯噔咯噔”的声音，她拄着拐杖从柜子

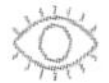

里将药取出，又对我说：

“不能给你一盒，不然你会马上用光。给你一半吧。”

“可真小气。算啦，真是没办法。”

回到家中，我立刻注射了一支。

“不痛吗？”良子战战兢兢地问道。

“当然痛啦。可为了提高工作效率，哪怕不情愿，也必须这么做。我最近看起来是不是精神多了呢？好啦，我要工作啦！工作！工作！”我兴奋地嚷着。

我还曾在深夜跑去敲开药店的门。老板娘裹着睡衣，拄着拐杖“咯噔咯噔”地从里面走出来，我猛地上前一把抱住她，一边亲吻着，一边做出一副痛哭流涕的样子。

老板娘也不说话，默默递给我一盒药。

这种药物其实和烧酒一样，不对，甚至比烧酒更加令人憎恶，是不祥之物——当我痛彻心扉地醒悟到这一点时，已经彻底沦为一个瘾君子。真可谓是无耻至极。为了获得吗啡，我重新开始仿制春宫图，甚至与那家药店身体残疾的老板娘之间也建立起一种不折不扣的丑恶关系。

我想死，索性死掉，就可以一了百了。一切早已无法回头，无论我做什么，怎么做，最终注定失败，继续苟活下去，只会增添更多的耻辱。骑着自行车去欣赏新绿掩映中的瀑布，于我而言，那已经成为不可企及的奢望，继续活着，只会在肮脏的罪恶之上不断叠加卑鄙无耻的罪恶，苦恼越来越多，苟活于世只能让自己成为万恶之源，眼前唯有死路一条。尽管这些胡思乱想的念头

让我整天心烦意乱，但我仍旧近乎疯狂地不停往返于公寓和药店之间。

无论我多么拼命工作，因吗啡的使用量随之增加，累计欠下的药费金额也已高得惊人，老板娘一见到我就哭，我也跟着掉眼泪。

地狱。

为了逃离地狱，我用了最后一招。倘若这次也失败了，那我只有悬梁自尽这条路了。我甚至以神的存在为赌注，下了最后的决心，给家乡的父亲写了一封长信，将自己的实际状况全部坦白告知（但有关女人的事情，终究还是难以说出口）。

然而，这次的结果更加糟糕。我满怀期待翘首以盼，终究没有等到任何回信。焦躁和不安的情绪反而令我再次加大吗啡

的剂量。

今夜，索性一连注射十支，然后跳入大川河就此了结——就在我暗暗拿定主意的那天下午，比目鱼仿佛凭借他那恶魔般的嗅觉找上门来，还带着堀木一起出现在我的面前。

“听说你小子咯血了？”

堀木大模大样地盘腿坐在我面前，向我发问。他的脸上浮现出我从未见到过的、极尽温柔的微笑。那温柔的笑容让我心怀感激，又略有些欣慰，我不禁将头侧向一边，暗自落泪。就因为堀木的那个温柔的笑容，我被彻底击垮，就此将自己葬送。

我被送上汽车。比目鱼用平静的语气劝说着我（他的语气极其从容镇定，我甚至想用大慈大悲来形容），不管怎么样得先住

进医院，剩下的事情放心交给他们处理。我似乎成了一个毫无自我意识、无法判断、没有任何能力又弱小无助的可怜人，只顾着一面抽抽搭搭地哭泣，一面唯唯诺诺地按照两人的安排行事。加上良子我们一行四人，经过很长一段路程的颠簸，终于在日落时分，来到森林深处的一家大医院的门口。

我一直以为那是一家结核病疗养院。

我接受了一位年轻医生极尽温柔又细致的检查，结束之后，他略带腼腆地微笑着对我说：

“那么，就先在这里静养一段时间吧。”

比目鱼、堀木和良子他们把我一个人丢在医院后就回去了。良子在离开前，将装有换洗衣服的包袱递到我手上，然后又一声

不响地从腰间掏出注射器和未用完的药物准备拿给我。原来她真以为那是提振精神的强心剂。

“不，这个不需要了。”

这在我来说，实属难得。说是平生唯一一次主动拒绝他人的劝诱也不为过。我的不幸，正是因为我缺少拒绝他人的能力。一旦拒绝他人的劝诱，我担心给对方以及自己的心灵上留下一道显而易见的、永远也无法弥合的裂痕。但在当时，我却非常自然地拒绝了我曾经几乎为之疯狂的吗啡。或许是被良子那所谓的“有如神明般的无知”打动了吧。在那一瞬间，我应该算是已经摆脱毒瘾了吧。

但很快，我被那位略带腼腆面含微笑的年轻医生带到一栋病房内，“咔嚓”一声，身后的大门被上了锁。原来这是一家精神

病医院。

要去一个没有女人的地方——当初吞下巴比妥安眠药时自己所说的愚蠢的呓语，竟会如此奇妙地成为现实。住在那栋病房内的全部是男性患者，看护也是男性，一个女人也没有。

如今我连罪人也算不上，竟成了一个狂人！不，我绝对没有疯！哪怕是短短一瞬间，我也从未疯过。但是，唉，听说绝大多数的疯子都说自己没有疯。换句话说，被关进这所医院的人都是疯子，而没被关进来在医院外面的，则都是正常人。

我不禁叩问神明：难道不反抗也是一种罪过？

面对堀木那不可思议的美丽微笑，我曾经感激涕零，竟因此忘记思考，也忘记反抗，坐进汽车被带到这里，随之就成了一个

疯子。即便现在从这里出去，我的额头上也会被刻上“疯子”的印记，不，是“废人”的印记。

我已丧失了做人的资格。

我已彻底变得不是人了。

刚到这里时，正值初夏时节。透过铁格子的窗户，可以看到院子里的小池塘内盛开的红色睡莲。如今三个月过去了，院子里的波斯菊开始绽放。令我意想不到的是，家乡的大哥带着比目鱼来接我出院。他一如既往地严肃认真，用略带紧张的口吻告诉我说：父亲因患胃溃疡已于上月末过世，我们对你过去的事情既往不咎，也不想让你为以后的生活费心劳神。你可以什么都不做，但是有一个前提条件，虽说知道你对东京还有些留恋，但你必须马上离开东京，去乡下疗养。你在东京惹的麻烦，涩田先生基本

上已经帮你处理好了，你也不必牵挂。

不知为何，家乡的山水浮现在眼前，于是我轻轻点了点头。

我果真成了一个废人。

得知父亲过世的消息以后，我变得越发颓废，一蹶不振。父亲已然离去，曾经埋藏于内心深处、没有一刻离开过的那份既熟悉又可怕的存在，就这样消失得无影无踪，内心容纳苦恼的角落此刻却感觉空空荡荡。我甚至这样想过，自己心中的苦恼之所以变得格外沉重的原因之一，恐怕与父亲不无关系。我像一个泄了气的皮球一样，连苦恼的能力也丧失殆尽。

大哥果然如约履行了对我的承诺。从我出生长大的小镇坐火车南下大约四五个小时，有一处东北地区少有的、四季温暖如

春的海滨温泉疗养地。村边有一处茅草屋，虽然有五间房屋，但看上去已经破旧不堪，墙皮剥落，梁柱已被虫蛀，几乎没有任何修葺过的痕迹。大哥为我买下了这处房屋，又为我雇了一个年近六十、满头红发的丑陋女佣。

那之后又过去了三年多的光景。在这期间，我数次遭到那个名叫阿彻的老女佣行为古怪的侵犯，有时我和她甚至也像夫妻一样吵架。我的肺病时好时坏，人也变得忽胖忽瘦，偶尔还会咯血。昨天，我让阿彻去买一盒卡尔莫钦，她跑了一趟村里的药店，买回来的卡尔莫钦与平时的包装完全不同。我并未放在心上，睡觉前喝了十片，谁知再也睡不着。正当心中感到纳闷时，突然肚子一阵剧痛，急忙跑去厕所，结果一通狂泻，之后又一连跑了三趟厕所。我觉得实在可疑，忍不住仔细看了看药盒，原来竟是名叫“海

诺莫钦”的泻药!

我仰面躺下，在肚子上放了汤婆子，琢磨着一定要好好教训一顿阿彻。

“你好好看看，这不是卡尔莫钦，这叫海诺莫钦！”

刚说到一半，自己却忍不住呵呵呵地笑起来。“废人”这个词，看来怕是喜剧名词。本想助眠，却误喝了泻药，而且泻药的名字就叫海诺莫钦。

此时的我，谈不上幸福，也谈不上不幸。

不过，一切都会过去的。

我在这如炼狱般的所谓“人世间”，忍辱苟活到今天，唯一可以视为真理的东西，仅此而已。

一切都会过去的。

我今年才将满二十七岁。由于白发骤然增多，人们大多以为我已经年过四十。

后　记

我虽然不认识写下这本手记的狂人，但手记中所提到的京桥小酒馆的老板娘，却貌似我的一位相熟之人，我与她略有些交情。她身材娇小，气色欠佳，一双细长的丹凤眼，眼尾上挑，鼻梁高挺，看上去英气十足，与其说是个美人，不如说更像一个俊秀青年。这本手记中描写的好像是昭和五至七年[①]间的东京风情，朋友带着我顺便去过几次京桥的那家小酒馆，在那里喝过冰威士忌。但已经是昭和十年前后的事了，当时正值日本的"军部"

① 即 1930~1932 年。昭和，即 1926 年 ~1989 年。

开始赤裸裸地行使武力，肆意猖狂的时期。所以，应该没有机会在酒馆见过写下这本手记的男子。

然而，在今年的二月，我拜访了一位疏散到千叶县船桥市的朋友。那位友人是我在大学时代的所谓校友，现在在某所女子大学担任讲师。其实，我之前曾拜托这位朋友给我的一位亲戚介绍相亲对象，因此事想去拜访他，加上想顺便为家人采办些新鲜的海产品，于是便背着双肩包直奔船桥。

船桥面向海边滩涂，是一个规模相当大的海滨城市。朋友刚搬来不久，尽管我拿着门牌号向当地人打听，也没有人知道。天气寒冷，而我的肩膀也因双肩包勒得疼痛难忍，就在这时，我被从唱片机里传来的小提琴声所吸引，于是推开了一家咖啡馆的门。

咖啡店的老板娘似曾相识，一问才知道，原来她正是十年前

京桥那家小酒馆的老板娘。她似乎也马上想起了我，彼此都感到十分惊讶，随即又相视而笑。我们并未像当时的人们一样，按照惯例询问对方在空袭后火灾中的逃亡经历，而是颇为自豪地相互寒暄道：

“你真是一点都没变啊。”

“哪里，已经是个老太婆喽。身子骨不大灵活啦。你看着还是那么年轻啊。”

“哪里的话，我都有三个孩子啦。今天就是来给小家伙们置办东西的。”

我们同所有相隔许久之后重逢的朋友一样，说同样的话，同样地寒暄客套，随后又相互打听彼此之间相熟之人分别后的

近况。聊着聊着，老板娘突然话锋一转，问我是否认识一个叫阿叶的人。听到我说不认识，老板娘便转身回屋里拿来三册笔记本和三张照片，递到我手里之后，又说了一句：

“你看看吧，或许能成为你写小说的素材。”

按照我的个性，不太习惯用别人硬塞给我的材料来写作，本想当场拒绝，却被照片吸引过去（关于那三张照片如何怪异，我在前文中已经有所提及），于是决定暂为保管那些笔记本，回家之前再来这里坐坐。我向老板娘打听是否认识我要拜访的朋友，住在某街某号的某人，在女子大学任教的某位老师家住何处。果然，因为都是新搬来的住户，所以相互认识。听老板娘说，朋友好像就住在附近，偶尔也会来咖啡馆小坐。

那天夜里，我与朋友小酌几杯之后，决定留宿在他家。我一

2　4　0

夜未眠，通宵读完了那三本手记。

手记中记录的内容虽已时隔久远，但即便现在的人读来，也会觉得颇有趣味。与其由我词不达意地擅自删改，不如保持原样，找一家杂志社发表出来，那样才更有意义。

给孩子们买的海产品，只有干货。我背着双肩包，向朋友辞别之后，又顺路走进那间咖啡馆。

“昨天真是太感谢了。对了，有件事情……”我马上直奔主题。

“这些笔记本，能不能借给我一段时间？”

“可以啊，你拿去吧。”

“写下笔记的这个人，现在还活着吗？”

“这个嘛，那我可真不知道。大概十年前，这些笔记本和照片寄到了京桥的店里，寄件人肯定就是阿叶，但包裹上没有写他的地址，连寄件人的名字也没有留下。空袭的时候，包裹和其他东西混在一起，最后竟然完好无损地保留下来，确实不可思议。我也是最近才刚刚读完，唉……”

“你哭了吗？”

“没有，与其说是哭……唉，最后走投无路，人活到那种地步，也就没活路了。”

“那之后已经过了十年，这样算来，可能他已经不在这世上了。这些东西，或许他是当作礼物寄给你的吧。虽说有些地方写得夸张了一些，但也让你遭受了很大的冤屈。假如这些全部是实情的话，换作我是这个人的朋友，说不定也会把他送到精神病院去的。”

“都是因为那个人的父亲不好。”老板娘似有意无意地说道。

“我们所认识的阿叶，性格直率，幽默风趣，他只要不喝酒的话，不，就算喝了酒……也是个像神一样的好孩子呢。”

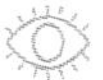

太宰治年表

1909 年（明治四十二年）生于青森县北津轻郡金木町（现在为五所川原市）。

1916 年（大正五年）进入町立金木寻常小学。

1923 年（大正十二年）进入县立青森中学（1950 年以后为县立青森高中）。英文作文成绩优异。

1925 年（大正十四年）在中学校友会刊上发表习作《最后的太阁》。和友人发行同人杂志《星座》。

1927年（昭和二年）第一高等学校（现在的东京大学教养学院）入学考试失利，进入弘前高等学校（现在的弘前大学）文科甲类（文学系的英语班）就读。

1928年（昭和三年）创刊同人杂志《细胞文艺》。由于有雄厚资金作为背景，获得许多有名作家如舟桥圣一和吉屋信子的原稿。在这时他认识了井伏鳟二的作品，希望井伏能为《细胞文艺》执笔。

1930年（昭和五年）进入东京帝国大学法文系。以门人的身份得以出入井伏鳟二身边。同年和咖啡店的女侍在镰仓的小动海岬跳海殉情未遂。由于对方死亡，因此以帮助自杀的犯罪嫌疑人身份接受调查，经兄长文治等人奔走而得到起诉缓刑的处分。只

是关于这个判决，有一说是承办此案的宇野检察官刚好是太宰父亲老家松木家的亲属，也有承办的刑警恰巧是金木出身而对太宰有利的说法。

1931年（昭和六年）被津岛家除籍，与小山初代结婚。

1932年（昭和七年）向警方自首参加左翼运动，并遭拘留。其后脱离左翼运动。

1933年（昭和八年）在《东奥日报》以太宰治的笔名发表短篇小说《列车》。

1934年（昭和九年）与檀一雄、木山捷平、中原中也、津村信夫等人创办文艺杂志《青花》，创刊号后即废刊。

1935年（昭和十年）《逆行》成为第一届芥川赏的候补作品。

师事佐藤春夫。

1936 年（昭和十一年）进入武藏野医院治疗中毒症状。

1937 年（昭和十二年）得知小山初代与津岛家亲属习画学生小馆善四郎往来密切，太宰与初代殉情未遂便分手。

1938 年（昭和十三年）井伏鳟二做媒，与石原美知子订婚。

1939 年（昭和十四年）与石原美知子举行婚礼，并于秋天移居东京三鹰。

1941 年（昭和十六年）长女园子出生。同年，太田静子初访太宰治于三鹰居所。

1944 年（昭和十九年）长男正树出生。

1945年（昭和二十年）带妻子回到青森县津轻的老家。同年，日本宣布无条件投降。

1946年（昭和二十一年）偕妻子回三鹰家。

1947年（昭和二十二年）年初到神奈川县探访太田静子。次女里子出生（日后的女作家津岛佑子）。年末，与太田静子的女儿治子诞生。发表《斜阳》。

1948年（昭和二十三年）发表《人间失格》。与山崎富荣于玉川上水投水自杀。两人的遗体虽然用绳子牢牢绑在一起，但太宰遗体留有激烈反抗的迹象。为此也有人私下认为“太宰在行动之前改变心意，但是因为山崎硬把他拖入水中才入水”。在朝日新闻上连载中的幽默小说《Goodbye》也成为其遗作。但也有一

说认为其自杀原因可能是他苦于独子罹患智能障碍症唐氏征。可说是太宰对既存文坛宣战的连载评论《如是我闻》的最终回忆，在其死后刊出。

太宰治给妻子美知子的遗书

孩子们都还没有长大，但务必请你抚养他们健康地成长，拜托了！

感谢长期以来的照顾，但是我现在已经厌弃动笔写小说了，所以只能以死去的方式向你告别。

每当我想到你和孩子的时候，都会默默流泪。

美知子，我比任何人都要爱你。

津岛修治（太宰治本名）